Berthe Niemen, nach der Deutschlandvereinigung als Biochemikerin in den vorzeitigen Ruhestand versetzt, erfindet sich nach dem Tod ihres Mannes eine Gefährtin: Erna Hubig, die im 19. Jahrhundert nur vierzig Jahre alt werden konnte, erhält die Möglichkeit, das durchschnittliche Sterbealter von heute zu erreichen.
In ihren Gedanken übers Altern, den unvermeidlichen Tod ist die zwanzig Jahre jüngere Erna für Berthe ein ständiger Anreiz, sich mit der eigenen Vergangenheit auseinander zu setzen. Auch verführt Erna sie zu teils abenteuerlichen Unternehmungen. Erst der Zusammenbruch ihrer Schwester zwingt Berthe zu wirklichem Handeln, und Erna verschwindet ähnlich, wie sie gekommen ist.
Die Wirklichkeitsnähe des Romans macht das Unwirkliche der Ausgangssituation im Laufe der Handlung vergessen. In Rückblenden werden zwei Frauenleben in zwei Jahrhunderten erzählt: Scheinbar ähnlich, sind sie doch sehr verschieden durch die gesellschaftlichen Umstände.

Charlotte Worgitzky wurde 1934 geboren. Nach zehnjähriger Arbeit als Schauspielerin an verschiedenen Theatern der DDR veröffentlichte sie Romane, Erzählungen, Features für den Rundfunk sowie kulturpolitische Essays. Sie lebt in Berlin.

Unsere Adresse im Internet: www.fischer-tb.de

Charlotte Worgitzky

Langer Abend

Roman

Fischer Taschenbuch Verlag

Die Frau in der Gesellschaft
Herausgegeben von Ingeborg Mues

Die Arbeit an dem
Roman wurde durch die
Künstlerförderung des Landes Berlin
finanziell unterstützt.

Originalausgabe
Veröffentlicht im Fischer Taschenbuch Verlag GmbH,
Frankfurt am Main, September 2001

Satz: Pinkuin Satz und Datentechnik, Berlin
Druck und Bindung: Clausen & Bosse, Leck
Printed in Germany
ISBN 3-596-15000-0

Langer Abend

1.

Jede Veränderung ist auch ein Beginn, und sei es einer zum Abstieg. Solange die Menschen laufen müssen wie eine Maschine, die nicht angehalten werden darf, sehnen sie sich nach einem Leben ohne die Peitsche Zeitmangel; bleibt das Zuchtmittel aus, merken sie, wie sehr sie sich daran gewöhnt hatten. Unfreiwilliger Rentnerstand, das traf jetzt viele. Abend ohne neuen Morgen. Zeit zum Nachdenken über den Abgesang.

Berthe Niemen sah in den Spiegel und hatte noch viel vor. Der fleischlos Grinsende sollte sich ruhig noch ein wenig gedulden. Sah er denn nicht, dass sie die Stufen doppelt nahm, öfter als früher? (Da musste sie sich's ja auch nicht beweisen.) Immer mehr Haare farblos, die Knochen lädiert, das Gebiss kunstvoll restauriert, die Faltenwürfe der Haut ignoriert – war das Gekröse unter der Schädeldecke noch lebendig genug, ließ sich's aushalten, gar genießen.

Berthe Niemen verstand zu genießen, was andere deprimierte: Alleinsein. Zwei Jahre zuvor war ihr Ehegefährte gestorben. Eingeprägt hatte sich ihr der Satz einer Bäuerin, die nach dem Tod ihres Mannes wieder mit einem andern zusammenlebte: Und ich hätte's so schön haben könn', als mein Mann gestorben war! Eine Zeit lang hatte Berthe Niemen erwogen, mit einer Freundin zusammenzuziehen; sie hatte es verworfen und war froh darüber. Nach sechzig Jahren Abhängigkeiten Unabhängigkeit für das Verbleibende. Einschränkung: Solange der Corpus dem Geiste geneigt blieb. Danach folgte das Angewiesensein. Oder das Aus.

2.

Kein Wecker zerfiepte den Morgenschlaf; räkeln wie eine Katze, Rad fahren ohne Rad, die Finger bewegen wie beim Klavierspiel, gut fürs Gedächtnis sollte das sein. Radionachrichten erinnerten daran, dass woanders das Überleben brutaler geübt wurde. Berthe Niemen kannte solches aus ihrer Kinderzeit. *Nie wieder Krieg!* hatte es danach geheißen. Bis jetzt hatte man ihn außerhalb des eigenen Terrains halten können; Waffen zu seinem Unterhalt nährten den heimischen Wohlstand.

Der enthielt heute Kaffee, ein Müsligemisch, Joghurt und Haydn; Anregung für Darm- und Gehirnwindungen. Die Zeitung, früher ein kurzes Muss während der S-Bahn-Fahrt, provozierte nun täglich den Vorsatz, das Abonnement zu kündigen, weil Werbung ihren Umfang derart blähte, dass Lesbares nur noch wie zwischengestreut schien, unübersichtlich. Die U-Bahn sollte doch nicht weitergebaut werden, der Mörder der beiden Mädchen schien gefunden, die Staatsoper hatte wieder ihren Etat überzogen, der neue Minister dementierte, was seine Vorgängerin behauptet hatte; einzig Beständiges: der Krieg auf dem Balkan mit seinen nie eingehaltenen Beendigungsversprechen. Dazu Beethoven. Der Titel ›Die Wut über den verlorenen Groschen‹, sagte der Sprecher, stamme gar nicht vom Komponisten. Das Vollkornbrot schmeckte säuerlich, die Butter, ausgewählt unter vielen konkurrierenden Sorten, lockte mit ihrem Duft zur Verschwendung.

Früher war Berthe Niemen um diese Zeit längst bei der Arbeit. Solange die ihre Tagesabläufe beherrscht hatte, waren Warnungen vor unabsehbaren Folgen ihres Berufs von ihr als nebenrangig abgetan worden; befreit vom täglichen Blick auf Versuchsanordnungen, auf jede noch so winzige Veränderung ihrer Inhalte, befreit vom Nachdenken über begrenzte Ziele, konnte sie endlich unbehindert auch das ferner Liegende, das scheinbar gar nicht Dazugehörige wahrnehmen. Als Biochemikerin hatte sie sich mit der jüngeren Tochter früher oft über Nutzen und Schaden der Chemischen Industrie gestritten; zum Entsetzen ihrer Eltern hatte Selma ein naturwissenschaftliches Studium abgebrochen und war in die Krankenpflege gegangen. ›Auf dem Öko-Trip‹ sei sie, hatte Berthe herabsetzend gesagt. Inzwischen arbeitete die Tochter als Grüne Politikerin. Manchmal warf ihr nun die Mutter Anpassung vor.

Mit Ruth, der Älteren, der Ärztin, war Berthe oft uneins über Behandlungsmethoden. Da sie in der Familie über unterschiedliche Ansichten meist offen stritten, waren sie nie zerstritten. Berthe Niemen konnte zufrieden sein.

Zufriedenheit macht faul. Irgendwann wollte sie sich Faulheit gönnen. Aber noch nicht jetzt.

3.

Die Straßendecke war seit Monaten an den Rändern aufgerissen; schmale Holzstege, Metallgitterzäune, Bauabfall engten auch die Fußwege ein. Da wurde ausgebessert, gebaut und nach neuestem Geschmack verändert, was Jahre davor schludriger Abnutzung ausgesetzt war. Fassaden, von denen die Einrüstung bereits entfernt wurde, stachen hell und stuckerneuert von denen ab, die seit langem bröckelten und eine einheitliche Schmutzfarbe angenommen hatten.

Ladenbesitzern dauerte die Erneuerung zu lange; Flanierkundschaft blieb aus, die Einnahmen sanken auf ein ruinöses Minimum, kaum ausreichend für fällige Kreditraten. *Schulden*, ein selten gebrauchtes Wort im verschlampten Obrigkeitsstaat, hatten sie gemacht in der Hoffnung auf Über-, gar Wohlleben durch Handel. Nach dem Umbruch der Aufbruch – nun schon der Zusammenbruch? Bruch allemal. Wir haben doch noch so viel vor.

Eine merkwürdig anmutende Person besah sich das alles wie zum ersten Mal und doch so, als wäre sie darauf bedacht, sich ihr Wundern nicht anmerken zu lassen.

Wäre sie jünger, ließe sich ihre Kleidung als modisch-nostalgisch ansehen. Berthe Niemen beobachtete die Frau schon eine Weile und nahm beim Näherkommen grau meliertes Haar und ein feinfaltiges Gesicht unterm Hut wahr. Vielleicht wurde hier wieder ein Film gedreht; Regisseure benutzten die verfallene Gegend gern als historische Kulisse. Doch die Unsicherheit der Frau sprach dagegen; Darsteller bewegten sich in abstechenden Kostümen eher, als begehrten sie Aufmerksamkeit.

Fußgänger drehten sich nach der Frau um, fanden sie aber nicht weiter aufregend oder hatten es eilig, so blieb es beim flüchtigen Hinschauen.

In einer Schaufensterscheibe versuchte sich die Frau zu spiegeln: Sie schien unzufrieden mit sich. Hohe Schnürstiefel wurden derzeit in allen Modejournalen empfohlen, doch sahen die ihrigen schon recht abgetragen aus. Ebenso der enge Mantel, der den knöchellangen Rock nicht bedeckte. Junge Leute versuchten so etwas manchmal auf Trödelmärkten zu ergattern. Old is in.

Berthe Niemen schämte sich ihrer Neugier und war doch so gefesselt von dieser Person, dass sie ihr nachging wie eine Detektivin. Immer wieder sah die Frau auf die Autos, die der Straßenverschmälerung wegen im Schritttempo fuhren. Die Menschen schienen ihr auch erstaunlich, aber sie erlaubte sich nicht, sie ausführlicher anzusehen, verstohlen blickte sie ihnen nur ab und zu hinterher, was Berthe Niemen vor dem Ertapptwerden bewahrte.

Ein Vietnamese ging mit einer Zigarettenstange direkt auf die Frau zu; sie erschrak, wich ein wenig zurück, klemmte ihre Handtasche fest an den Oberkörper. Begriff sie überhaupt, was der Mann von ihr wollte? Dass ihr die Gegend unbekannt war, konnte sie nicht verbergen – womöglich verstünde sie gar nichts, spräche man sie an?

Als sie befremdet vor den Auslagen eines Fotogeschäfts stehen blieb, hielt es Berthe nicht mehr aus. Sie stellte sich neben die Frau und sah sie an, bis sie sich umwandte. Ihre hellen Augen wichen Berthes Blick nicht aus.

»Sind Sie fremd hier?«

Nicken.

»Kann ich Ihnen irgendwie behilflich sein?«

Die Frau hob nur leicht die Schultern an. Ihre Augen blieben uneingeschüchtert offen, als wolle sie die Fragende an etwas erinnern. Durch die magere graue Haut schienen verbrauchte Schönheit und Lust auf Leben. Berthe Niemens ansonsten klares Denkvermögen hatte sich davongemacht, mitgenommen die winzige Warnung, sie könnte auf Dreistigkeit hereinfallen.

»Wo kommen Sie her?«

Wieder bloß leichtes Schulterheben. War sie stumm?

»Ich meine, wo Sie wohnen?«

»Nirgends.«

Berthe kam es vor, als hätte die Frau sogar gelächelt dabei. Hübsche Lippen hatte sie.

»Aber Sie müssen doch irgendwo zu Hause sein.«

Sofort kam Berthe sich taktlos vor. Als ob es keine Obdachlosen gäbe.

»Das ist lange her.«

»Und wo schlafen Sie?«

»Ich habe sehr lange geschlafen.«

Berthe Niemen wurde nicht ratlos. Was sie redete, was sie tat, ließ sie nicht zweifeln an ihrem Reden und Tun. Das war nicht immer so.

Sie bot der Fremden ein vorläufiges Quartier in ihrer Wohnung an, was diese, ohne zu zögern, höflich dankend annahm.

4.

Aufmerksam las die Frau das Türschild. Berthe fragte sie nach ihrem Namen.

»Erna Hubig, gnädige Frau.«

Erstaunt sah Berthe sie an. Wo sie bloß herkam.

»Ich heiße Berthe Niemen.«

»Sehr wohl, Frau Doktor.«

»Den Doktor lassen Sie bitte weg.«

»Sehr wohl.«

Berthe gab erst einmal auf. Sie würde schon noch herauskriegen, wer der Frau diesen devoten Umgangston beigebracht hatte.

»Ich mach uns was zu essen«, sagte sie.

Eilfertig zog Frau Hubig ihren Mantel aus. Sie deutete auf die kleine Tür, die Küche und Abstellkammer verband. Ob sie dort schlafen werde.

Berthe lachte, was die Frau zu verstören schien.

»Da hätten Sie doch gar keinen Platz!«

Sie zeigte Erna Hubig, was in der Kammer untergebracht war: Lebensmittelvorräte, Koffer, Staubsauger, eine Leiter. Früher hatten hier die Dienstmädchen nächtigen müssen.

»Geben Sie her!«, sagte Berthe.

Zögernd reichte Frau Hubig ihr den Mantel, den Berthe im Flur auf einen Bügel hängte. Sie bedauerte, dass sie kürzlich einen Wintermantel in die Altkleidersammlung gegeben hatte.

Frau Hubig stand steif in der Küche. Ihre Handtasche und den Hut hatte sie auf den Tisch gelegt.

Was sie machen solle.

»Hinsetzen!« Berthe zog einen Stuhl unterm Tisch hervor und bedeutete ihrem Gast mit klarer Geste, Platz zu nehmen.

Erna Hubig gehorchte. Sie ließ sich sogar ein Glas Milch vorsetzen. (»Kaffee? Tee? Saft? Milch?« Letzteres schien sie für das

Schlichteste zu halten.) Doch als Berthe anfing Kartoffeln zu schälen, stand Frau Hubig rasch wieder auf. Das könne sie aber machen. Na gut.

Ob sie ein richtiges Messer haben dürfe? Kartoffelschäler kannte sie nicht. Auch keinen Gasherd.

Wie sie denn gekocht habe?

Frau Hubig beschrieb einen Holzfeuerherd mit verschieden großen Ringen, die man herausnehmen konnte, um die Hitze direkt an die Töpfe heranzulassen. Hinterwald, dachte Berthe.

Wo das gewesen sei?

In Berlin.

Berthe sah sie Frau ungläubig an und begriff: Sie log nicht.

Die letzten Jahre habe sie auch in einem Arzthaushalt gedient.

Gedient. Auch.

»Wieso auch?«

Der Herr Gemahl sei doch wohl Arzt –

Berthe begriff: das Türschild. Es war nicht leicht, der Frau klarzumachen, dass sie auch einen Doktortitel hatte.

»Als Dame?«

Berthe ließ es vorläufig dabei bewenden.

Obgleich alles, was ihr unbekannt war, allmählich nicht mehr so verwirrend auf Erna Hubig wirkte, war ihr ein Erstaunen anzumerken, als Berthe sich zum Essen mit ihr an den Küchentisch setzte. Unwillkürlich zog sie ihre Hände zurück, da sie Berthes Blick darauf bemerkte.

»Ich geb Ihnen nachher Kamillencreme«, sagte Berthe.

Erna Hubig nickte stumm.

Später – Berthe hatte ihre Neugier sehr bezähmen müssen – wollte sie doch gern wissen, wie alt die Frau war. Sie hielt es für taktvoller, nach dem Geburtsjahr zu fragen.

»Achtzehnhundertzweiunddreißig«, sagte Erna Hubig.

»Wie, bitte? Sie meinen –«

Ein sanftes Lächeln verschob Erna Hubigs Mund.

»Und am sechzehnten März achtzehnhundertdreiundsiebzig bin ich gestorben.« Ganz leicht, sich offenbar über Berthes Verblüffung amüsierend, erzählte sie: Da sie früh habe sterben müssen, habe sie die Möglichkeit erhalten, in diesem Jahrhundert so lange weiterzuleben, bis sie das derzeit übliche Sterbealter erreicht habe.

»Wie lange kann ich da etwa rechnen?«

»Frauen derzeit Neunundsiebzigkommavier«, stotterte Berthe. »Hier im Osten etwas weniger.«

»Oh«, sagte Erna Hubig, »das ist ja fast nochmal so lange!« Ihre Haut hatte bereits eine leicht rosige Farbe bekommen.

»Und wer hat Ihnen diese Chance gegeben?«

Erna lächelte; Berthe sollte von sich aus draufkommen.

»Etwa der liebe Gott?« Obwohl sie Erna nicht kränken wollte, hatte das ein bisschen ironisch geklungen; Berthe glaubte nicht an diesen Herrn.

Erna schüttelte den Kopf, lächelte.

»Der Teufel?«, fragte Berthe munter.

Mit ihren grauen Strähnen, die sich aus der Duttfrisur gelöst hatten, sah Erna richtig unternehmungslustig aus.

»Warum immer nur Männer?«

Nun fiel Berthe nichts mehr ein.

»Die Phantasie!«, sagte Erna.

Die beiden Frauen umarmten einander.

5.

Erna war ein paar Zentimeter kleiner als Berthe, die Rocksäume mussten sie kürzen. Erna gefiel sich in Berthes Kleidung. Nur lange Hosen mochte sie nicht tragen, obgleich ihr einleuchtete, wie praktisch sie waren. »Nicht alles auf einmal.«

Ihre unterwürfige Redeweise legte Erna erstaunlich schnell ab. Manchmal unterlief ihr noch eine altgewohnte Floskel, wenn sie unterwegs jemanden ansprach. Sie neigte dann ihren Kopf ein wenig zur Seite, und die Leute wunderten sich.

Berthe wunderte sich über Ernas rasches Auffassungsvermögen. Das ihre ließ wohl schon nach; dafür war ihr neulich das Wort begriffsstutzig eingefallen. Das hätte ihr früher keiner vorwerfen können.

Erna wollte arbeiten, Geld verdienen. Dienstmädchen war kein Beruf mehr; putzen gehen hieß das heute. Dafür würde sie vielleicht nicht mal einen Ausweis brauchen.

»Ohne Ausweis ist der Mensch kein Mensch«, sagte Berthe.

Erna Hubig fehlte es am gültigen Nachweis ihrer Existenz.

»Womöglich halten sie dich für eine, die unerlaubt ins Land eingedrungen ist.«

»Das fehlte noch.« Angst hatte Erna durchaus.

Mehrmals besahen sich die beiden Frauen Ernas Geburtsurkunde aufs Genaueste, mit Lupe. Sie erwogen die Änderung der Jahrhundertzahl, verwarfen es jedoch jedes Mal wieder; vergliche man es mit der entsprechenden Eintragung im Geburtenregister, würde Erna als Betrügerin entlarvt. Für einen vorgeblich verloren gegangenen Personalausweis fände sich kein Pendant im Einwohnermeldeamt, Führerschein oder Versicherungspapiere konnte sie auch nicht vorweisen. Erna Hubig war nicht vorhanden oder illegal. Auch teuer war da guter Rat nicht zu haben.

»Hättest du nicht zehn Jahre früher kommen können?«, sagte Berthe. »Da hättest du hier im Osten bestimmt Arbeit gekriegt.«

»Hätte ich da keinen Ausweis gebraucht?«

»Ach«, sagte Berthe, »da hätte ich dich längst ins Hausbuch eintragen müssen.« Sie erklärte Erna, wie besorgt die vormaligen Staatslenker jeden Schritt ihrer Untertanen registrierten: Kein Besuch ohne schriftlichen Vermerk, wohnen schon gar nicht.

»Aber da hätte ich doch auch nicht –«

»Eben«, sagte Berthe.

Erna hatte Berthes Alter anfangs nicht glauben wollen. Zu ihrer Zeit –

»Das ist ja wie ein in allem gedehntes Leben.«

»Was man ausdehnt, wird dünner«, sagte Berthe. Einen Biologen habe sie sagen hören, Früchte besäßen ein bestimmtes Geschmackspotenzial; züchte man sie größer, verlören sie an Aroma.

»Aber ihr lebt doch viel besser als wir früher.«

»Anders«, sagte Berthe.

»Du kannst ja mal versuchen, sechzehn bis achtzehn Stunden am Tag für andere zu schuften.«

»Gut, bequemer leben wir auch.«

»Und glücklicher.«

»Ich glaube nicht, dass die Menschen deshalb zufriedener sind als früher.«

»Dann sind sie dumm.«

Berthe hob die Schultern. »Menschen vergleichen sich immer mit denen, die es besser haben. Du unterschätzt die Wirkung von Gewohnheit. In ein paar Jahren hast du bestimmt auch verlernt, über jede Kleinigkeit zu staunen. Wetten?«

Was das sei – wetten?

Berthe erklärte es ihr.

»Gut«, sagte Erna, »dann wette ich mit dir: Wenn ich in zehn

Jahren auch so an allem herummäkele, kaufe ich dir ein neues Lexikon!«

»Wenn ich da noch lebe.«

»Neunundsiebzigkommavier.«

»Im Osten etwas weniger. Außerdem: Bin ich Durchschnitt?«

»Also lebst du länger!«

Erna las häufig und mit Genuss in Berthes Lexikon. Es störte sie wenig, dass der Brockhaus aus dem Jahre 1924 stammte und manches überholt war, wie Berthe sagte, anderes fehlte, weil es das zu dieser Zeit noch gar nicht gab. Stolz redete Erna über ihr neuestes Wissen und erwartete, dass Berthe sie notfalls korrigierte. Dabei stellte Berthe fest, sie wusste weniger als sie angenommen hatte. Einiges erklärte sie auch schlichtweg für nicht wissenswert. Erna müsse lernen, was das Lernen lohne, sagte sie.

Bücher übten eine geradezu erotische Anziehungskraft auf Erna aus. Mit schief gelegtem Kopf, die Hände auf dem Rücken zusammengelegt, las sie die Buchrückentitel, und wenn sie ein Exemplar herausnahm, streichelte sie es, wie andere einen Hund streicheln.

»Mach dir die Hände nicht dreckig!« Wenn Berthe ein Buch aus dem Regal nahm, das länger unberührt dort gestanden hatte, pustete sie über die obere Schnittfläche und schlug anschließend die Seiten einmal kräftig zusammen, was eine Staubfahne ins Zimmer wehte.

Erna, die stundenlanges Staubwischen aus ihrem früheren Leben kannte, ließ sich Tuch und Pinsel geben. Trotz der Einsicht, dass die Wohnung durchaus nicht verkäme, wenn sie seltener gereinigt würde, griff sie nun täglich nach Tüchern, Lappen und Feger.

»Da siehst du, wie schwer es ist, Gewohnheiten abzulegen«, sagte Berthe.

Besonders gern benutzte Erna den Staubsauger. Ihr vorsichtiges Zögern gegenüber solchen Maschinen überwand sie schnell. Sie ließ sich von Berthe nicht nur die Handhabung, sondern auch den Mechanismus erklären, was Berthe manchmal in Verlegenheit brachte. Obendrein las Erna die Gebrauchsanweisung, bevor sie geschickt die Knöpfe drückte und konzentriert, mit verhaltenem Stolz das ausführte, was die Maschinen noch nicht von sich aus taten.

6.

Berthe beneidete Erna um die Fähigkeit, sich einem Tun so hinzugeben, dass sie lediglich aufschreckte, wenn sie ihren Namen hörte. Dann erhob sie sich unwillkürlich, sagte kurz Ja?, und es sah aus, als erwarte sie Anweisungen, überlege nur schnell, ob sie etwas versäumt haben könnte – bis sie sich besann und lächelnd wieder hinsetzte.

Anfangs war Berthe erschrocken, was sie mit ihrem Anruf auslöste. Als aber auch eine sanfte Anrede nichts anderes bewirkte, war sie darauf gefasst und nahm es leichter, hoffend, dass Ernas neue Erfahrungen die alten allmählich verdrängten.

Am eindringlichsten spielte sich das ab, wenn Erna las. Lesen hatte vormals zu ihren Wunschträumen gehört, nur selten erfüllt und dann heimlich, mit schlechtem Gewissen. Nie vergessen werde sie, sagte Erna, wie sie beim Saubermachen einen Band Goethe aus dem Bücherschrank genommen und unter ihren Schürzenlatz geschoben habe – wie eine Diebin sei sie sich vorgekommen, obwohl sie doch nur ›Die Leiden des jungen Werthers‹ habe lesen wollen. Sie hatte aber den Band mit ›Die Wahlverwandtschaften‹ und den 1. Teil von ›Wilhelm Meisters Lehrjahre‹ erwischt. Sogar die Ausgabe konnte Erna noch nennen: ›J. G. Cotta'scher Verlag 1855; Goethe's sämmtliche Werke in vierzig Bänden‹, die aber in zwanzig Bücher gebunden waren. Statt 13–14 griff Erna 15–16, korrigierte eilig die Bücherreihe, damit keine Lücke sie verraten konnte; sobald sie die gnädige Frau auf die Toilette gehen hörte, versteckte sie das Buch unter ihrer Matratze.

Zuerst enttäuscht von ihrem Fehlgriff, las Erna allnächtlich, bis der Schlaf sich nicht mehr aufhalten ließ, immer vorm Entdecktwerden zitternd; konnte sie das Buch auch wieder zurückstellen, verbrauchte sie doch Kerzen, von denen sie nicht wusste, ob sie abgezählt waren. Ihre Müdigkeit konnte man ihr auch vorhalten, wenn sie tagsüber nicht rasch genug arbeitete. Den Schrecken könne sich Berthe bestimmt nicht vorstellen, als ihr einmal Wachs auf die Buchseiten tropfte! Verzweifelt habe sie sich bemüht, den Fleck in ein Handtuch zu bügeln; aus Furcht, das Papier zu versengen, habe sie aber das Eisen nicht heiß genug gemacht. Von dem Fleck träumte Erna noch, als das Buch längst wieder im Schrank stand. Wie gern hätte sie ›Wilhelm Meister‹ zu Ende gelesen und endlich auch ›Die Leiden des jungen Werthers‹ – aus dem herrschaftlichen Bücherschrank wagte sie nie wieder etwas zu nehmen.

›Ein Buch verschlingen‹, den Ausdruck hatte Berthe immer albern gefunden; wenn sie Erna lesen sah, verstand sie ihn. Das bezog sich nicht etwa auf die Lesegeschwindigkeit; oft im Schneidersitz, das Buch nahe an den gebeugten Kopf haltend, bewegte Erna die Augen eher langsam über die Zeilen, doch so konzentriert, dass es aussah, als wollte sie den Inhalt aufsaugen. Berthe hätte sich nicht gewundert, wenn die Seiten danach ohne Buchstaben gewesen wären.

Als Erna endlich eine Möglichkeit fand, Geld zu verdienen, blieb ihr nicht mehr so viel Zeit fürs Lesen. Doch nach wie vor war es ihr größtes Vergnügen, dem sie frönte, sobald es nur ging, selbst wenn sie befürchtete, Berthe mit ihrer geistigen Abwesenheit zu kränken.

Erna ging putzen. Anfangs nur im Osten der Stadt, bei einem

Ehepaar, das die Woche über außer Haus beschäftigt war. Froh, dass jemand montags so zuverlässig ihre Wohnung wieder in einen manierlichen Zustand brachte, war ihnen Ernas Herkunft egal. Bald vermittelten sie ihr ›Goldstück‹, wie sie Erna nannten, auch an eine alte Dame im Westteil, für die Erna zweimal wöchentlich einkaufen ging, saubermachte und gelassen ertrug, wenn Madame, gestützt auf ihren gummigedämpften Stock, mit Lesebrille und kleinem Finger die Flächen kontrollierte, die Erna ihr als ›fertig‹ meldete. Berthe fand das unverschämt, aber Erna meinte, das sei sie von früher her gewöhnt, da habe man sie nur nicht so fürstlich dafür entlohnt. Da sie nie etwas beanstanden musste, erhöhte die alte Dame nach einiger Zeit sogar das Salär.

Auf eine Annonce hin stellte sich Erna bei einem Arzt vor, um allmorgendlich dessen Praxis zu säubern. Der Mann wollte Papiere sehen. Als Erna murmelnd ›leider nicht dabei‹ vorgab, sah er sie streng an und sagte, er könne es sich nicht leisten, jemanden schwarz zu beschäftigen, er werde genauestens kontrolliert.

»Schade«, sagte Berthe. »Der hätte dich behandeln können, wenn du mal krank wirst. Ohne Ausweis bist du eben kein Mensch. Jedenfalls kein deutscher.«

»Allenfalls ein gestorbener«, sagte Erna.

Erna entdeckte die Bücher der Irmtraud Morgner. »Phantastisch«, sagte sie. »Phänomenal. So verrückt wie die Wirklichkeit.«

Unbedingt wollte sie der Autorin schreiben, wie begeistert sie von den Geschichten der Triebwagenführerin Laura Salman war.

Berthe musste ihre Euphorie dämpfen: Ein Brief werde nie ankommen, weil die Morgner bereits tot sei. Nicht mal sechzig Jahre habe sie erleben dürfen.

Erna war bestürzt und traurig. Nach einer Weile erwog sie, der Dichterin die Möglichkeit zu verschaffen, ebenfalls das Durchschnittsalter zu erreichen.

»Dann könnte sie noch ein paar Bücher schreiben.«

Berthe war skeptisch. Bücher wie ›Amanda‹ schrieben sich nicht so fix. Die Morgner sei angetreten, ›den Eintritt der Frau in die Historie‹ zu beschreiben. Doch dann wurde die Drohung mit der Atombombe zum Mittelpunkt aller Politik gemacht, natürlich fast ausschließlich von Männern. Von da an sei die Morgner – wie Sirene Beatriz, die in ihrem Roman der Zunge beraubt wird – offenbar von dem verzweifelten Antrieb besessen gewesen, die Zerstörung der Erde durch eine umfassende Darstellung weiblicher Fähigkeiten aufhalten zu können. Daran sei sie vermutlich auch zugrunde gegangen. Mit so einem Anspruch im Kopf, dazu die ständigen Widrigkeiten, mit denen sie kämpfen musste, ehe ihr Buch gedruckt wurde – das könne einen Menschen verzehren.

»Manchmal überlege ich, ob es nicht besser wäre, man verzichtet auf Kunst, wenn sie mit derartigem Leiden erkauft werden muss«, sagte Berthe.

»Wenn aber so viele Menschen etwas davon haben!«

»Christus am Kreuz!«

Erna meinte, dass diejenigen, die ihre Qualen bisher in Kunst verwandeln konnten, dann womöglich noch unglücklicher wären. »Und allen anderen, die so viel Einsicht, Erleichterung, Entzücken darin finden – was denen fehlt, will ich mir lieber gar nicht erst ausmalen!«

»Also lassen wir's, wie es ist«, sagte Berthe, und beide mussten lachen.

7.

An manchen Tagen schien ein Missgeschick prompt das nächste nach sich zu ziehen, und jedes wirkte auf Berthe wie eine Katastrophe. Zwar hatte sie sich vorgenommen, sobald sie den Seriencharakter bemerkte, nichts mehr zu tun, was ihm Vorschub leisten könnte, doch gerade dann schien sie sich beweisen zu wollen, dass sie keinesfalls unkonzentriert war, fahrig, auf schwer Erreichbarem beharrend, sondern irgendein gemeines Schicksal es darauf abgesehen hatte, sie zu schädigen. Rutschte das Küchenmesser in ihren Finger, war das doch ein Beweis dafür, zumal wenn vorher bereits ein Kleidungsstück in der Waschmaschine auf andere abgefärbt hatte. Steckte dann noch eine unerwartet hohe Rechnung im Briefkasten, ließ sich an der hinterhältigen Unglückskette nicht mehr zweifeln. Wie zum Hohn läutete das Telefon bei der Freundin auch beim fünften Versuch, ohne dass sie abnahm.

Früher hätte Berthe abgestritten, dass Wetterlagen Einfluss auf sie haben könnten. Das Geniesel schien aber auch kein Ende zu nehmen. Bereits vorm Augenöffnen wusste Berthe, es würde abermals ein trüber Tag. Das halbe Jahr November. Berlin war doch nicht London.

Erna arbeitete bereits. Warum hatte sie Berthe nicht geweckt? Aus Rücksicht, aus falscher. Wen kümmerte es also, wenn sie liegen blieb. Den Knöchernen – der konnte sich die klappernden Hände reiben, wenn sie ihr Fleisch faulen ließ. War es denn nur der Motor des Arbeitenmüssens gewesen, der solch finstere Trägheit von ihr fern gehalten hatte? Oder war es das Alter, das Abgenutzt-Sein, das so empfindlich machte?

Heute kriegte sie kaum die Fingerspitzen auf dem Rücken zusammen, geschweige denn ineinander gehakt. Wenn sie sich gehen ließ, nicht täglich übte, würde es bald überhaupt nicht mehr gelingen.

Die Bäume im Hof hinderten das bisschen Tageslicht auch noch am Durchkommen. Berthe schaltete das elektrische ein. Wenn es wenigstens richtig regnen würde!

Ihr Blick aus dem Küchenfenster war vormals oft dem ihrer

Nachbarin im Quergebäude begegnet; grüßen, manchmal ein paar Sätze wechseln, für mehr hatte Berthe nie Zeit gehabt. Diese Frau war mit ihrem Mann erst im Rentenalter hergezogen, und bald danach wurde der Mann krank. Genaueres erfuhr Berthe nicht, sie kümmerte sich aber auch nicht darum. Bis sie eines Tages der Nachbarin auf der Straße begegnete: Sie war ganz in Schwarz gekleidet. Berthe fragte sie nach dem Grund. Ihr Mann sei doch gestorben, antwortete die Frau, verwundert, dass Berthe es nicht wusste. Es sei schon ein paar Wochen her. Berthe war bestürzt. Ein Zimmer ihrer Wohnung grenzte direkt an eins dieser Nachbarn –

Von da ab sah Berthe die weißhaarige Frau häufig im geöffneten Fenster. Mit den Unterarmen auf ein Kissen gestützt, überblickte sie den großen Hof, der auf der gegenüberliegenden Seite von den Gebäuden des Nachbarhauses begrenzt wurde. Sie beobachtete, wer ging, wer kam, wer den Mülleimer leerte, und ab und zu ergab sich ein kleiner Schwatz, worauf sie vermutlich am meisten aus war. Berthe war es immer vorgekommen, als warte die alte Frau nach dem Tod ihres Mannes nur noch aufs eigene Sterben.

Jetzt lebte ein junges Ehepaar in der Wohnung, das hatte Grünpflanzen im Fenster und grüßte Berthe nur flüchtig.

Wie alt war die frühere Nachbarin eigentlich, als sie zum letzten Mal aus dem Fenster sah?

Berthe überlegte, ob sie drei oder bereits vier Löffel Kaffee in den Filter getan hatte. Früher hatten sie an den Wochentagen morgens alle Handgriffe wie in einem einstudierten Rhythmus erledigt; mit jeder Abweichung hätten sie riskiert, nicht pünktlich am Arbeitsplatz oder in der Schule zu sein. Seit es für Berthe darauf nicht mehr ankam, achtete sie bei den Frühstücksvorbereitungen selten auf das, was sie gerade tat.

Wieder das Brot zu dick geschnitten. An die Brillengläser mit dem sanften Übergang von der Ferne zu nahe hatte sich Berthe noch nicht gewöhnt; oft griff sie daneben, stieß an Gegenstände, weil sie die Entfernung falsch einschätzte. Die Optikerin behauptete, das würde sich mit der Zeit einspielen, aber vielleicht war das nur ein tröstendes Hinhalten. Berthe wäre es lieber, sie hätte sich mit den Einschränkungen einer ansonsten vorzüglichen Brille abzufinden, statt sich ein Versagen anlasten zu müssen.

Heute war sowieso alles wie verschleiert, ungenau, lief langsamer als gewöhnlich. Der Druck auf den Augen schien den ganzen Körper zu lähmen. Berthe mahnte sich, vorsichtig zu sein und vergaß es sofort, weil sie an ihren letzten Besuch beim Internisten dachte, der ihre Beschwerden mit einer gestörten Blutzirkulation begründete. ›Kreislaufprobleme‹ – oft gehört, nie auf sich bezogen, bei manchen sogar für eine Ausrede gehalten.

Das Glas war hinüber. Das hatte sie nun von ihrer Unaufmerksamkeit. Das schöne Biedermeierglas mit den eingeätzten Rosen. Ihr Mann hatte es ihr geschenkt. War es nicht zu ihrem Fünfzigsten gewesen? Wie betäubt stand Berthe am Abwaschbecken, in den Händen die beiden größten der Scherben. Sie hielt sie aneinander, sah den Rest, gestand sich ein, es wäre sinnlos, sie zusammenzukleben. Gerade weil es sie immer an Heinrich erinnerte, sollte sie sich diesen Anblick ersparen. Sie hatte es so gern als Vase benutzt.

Es klirrte an der Mülleimerwand. Wieder ein Abschied. Warum hatte sie aber auch nicht aufgepasst, wenigstens bei so Unersetzbarem sollte sie sich zusammennehmen und auf ihr Tun konzentrieren. Die Moosröschen lagen nun vasenlos im Becken, streckten ihr die nackten Stielenden entgegen. Am liebsten hätte Berthe sie den Scherben hinterhergeworfen, aber sie waren ein Mitbringsel von Erna.

Berthe fing an zu weinen. Sie gab sich keine Mühe, die Tränen aufzuhalten, sie fühlte sich so schwach und unglücklich. Sie setzte sich an den Küchentisch, weinte weiter, flennte, heulte sogar laut, es war doch egal, warum sollte sie sich nicht eingestehen, dass das Leben auch schauderhaft sein konnte, himmelschluchzend traurig und voller Abschiede.

Berthes Mann hatte es nach den politischen Umwälzungen im Lande erwischt. Krebs. Die Tochter hatte den Befund zuerst der Mutter mitgeteilt, hoffend, die würde es dem Vater beibringen, aber Berthe hatte sich darauf herausgeredet, dass Ruth als Ärztin doch in derartigen Bescheiden bereits Übung habe.

»Nicht beim eigenen Vater«, hatte Ruth es von sich abzuwenden versucht, doch Berthe war nicht darauf eingegangen, wofür sie sich bald schämte.

Als sie mit ihrem Mann beim Abendbrot saß und beide voneinander wussten, was sie wussten, blieben sie stumm, erwähnten auch nicht, dass sie auffällig wenig aßen, dafür umso länger daran kauten.

Die wuchernden Zellen hatten sich bereits derart im Körper ausgebreitet, dass ein Entrinnen vorm Tod einem Wunder gleichgekommen wäre. Vor vernebelnden Hoffnungen wollte Berthe sich hüten, und Heinrich Niemen war ein nüchtern denkender Mann. Ob er es auch noch war, als es ihn selbst betraf, fragte sich Berthe erst, als sie nichts mehr an ihrem Verhalten ihm gegenüber ändern konnte.

Spät gingen sie an jenem Abend zu Bett, lagen nebeneinander schlaflos und stumm, bis Berthe sich zu ihrem Heinrich drehte und ihn in einer Weise umarmte, dass das Unausgesprochene damit ausgesprochen war.

8.

Im Traum wurde Erna von der Morgner besucht. Berthe war nicht sicher, ob Erna die Erscheinung nicht halbwegs für Wirklichkeit nahm, als sie ihr beim Frühstück erzählte:

Das schöne Gesicht von der etwas steifen schwarzen Haarmähne umrahmt, habe die Morgner in sächsischem Tonfall zu ihr gesagt: Eine, die von den Toten auferstanden ist, wird sich doch auch einen Ausweis verschaffen könn'n! Erna habe ihr alle Gründe aufgezählt, die dagegen sprachen; die Morgner habe nur ihr Haupt geschüttelt und keinen gelten lassen. Ihr denkt zu gewöhnlich! Damit habe sie Erna und Berthe gemeint.

»Ein Anti-Schlafmittel zu finden, das hat die Morgner einsehen müssen, ist so schwierig, dass auch quirlige Phantasie davor versagen kann. Aber umgekehrt, ein Mittel zur vorübergehenden Einschläferung – unschädlich, versteht sich, kein Lachgas etwa! –, das müsste doch zwei pfiffigen Schwestern –«

»Schwester nennen sich Frauen untereinander in der Feministinnenbewegung.«

»Weiß ich doch längst!«, sagte Erna ärgerlich. »Ich habe jedenfalls vor, das auszuprobieren.«

»Was?«

»Die in der Einwohnermeldestelle einzunebeln.«

»Bist du verrückt?«

»Gern.«

Erna würde nicht aufzuhalten sein. Da war es besser, auf sie einzugehen und Acht zu geben, dass sie nicht wegen mangelnder Kenntnis der Gepflogenheiten irreparablen Unsinn anstellte.

»Hat die Morgner dir auch gesagt, wie wir das bewerkstelligen können?«

»Natürlich nicht«, antwortete Erna mürrisch. »Aber du verstehst doch was von Chemie –«

»Polymeren.«

»Scheißspezialistentum.« Zum ersten Mal gebrauchte Erna ein Wort aus der Fäkalsprache. Sie machte Fortschritte.

»Du weißt, dass so was verboten ist!«

Ernas Blick hätte Berthe beschämt, wenn ihr Einwand nicht nur ein halbherziger Versuch gewesen wäre, ihre Feigheit zu beschwichtigen. Lebenslang hatte sie sich an die Gesetze gehalten; nun, im Alter, schlug sie über die Stränge. Verrückt. Ver-rückt; weggerückt von dem, was als normal galt. Dass sie die ausweislose Erna beherbergte, reichte eben nicht fürs Ausscheren; um Ernas Dasein zu legalisieren, ging es nicht ab ohne Gesetzesbruch.

»Ich werde sehn, was sich machen lässt.« Berthe seufzte laut.

Erna lachte wieder.

9.

Das Haus, in dem Berthe nun schon über ein Vierteljahrhundert wohnte, litt gehörig an Altersschwäche. Erbaut hatte man es etwa in der Mitte zwischen Ernas erstem Sterben und Berthes Geburt. Zusammen mit dem Nachbarhaus und den angrenzenden Seiten- und Quergebäuden bildete es ein Geviert, das einen großen Hof umschloss, in dem mehrere Bäume wuchsen, die inzwischen die Dächer überragten: eine Kastanie, ein Ahorn und zwei Buchen, von denen eine neuerdings ihre Blätter bereits im Sommer abwarf.

Die Räume waren verschwenderisch hoch gebaut. Manche Fußböden waren parkettbelegt und die Zimmerdecken mit Putten, Muscheln und Ranken bestuckt. Sogar im Seitenflügel und im hofzugewandten Querhaus gab es Bäder in den Wohnungen. Aber die zur Straße gelegenen waren am komfortabelsten. Früher hatten hier vornehmlich Beamtenfamilien gelebt.

Als Berthe mit ihrer Familie einzog, war der Balkon wegen Einsturzgefahr bereits abgeschlagen, die Tür mit einem rostenden Eisengitter gesichert. In den Etagen darüber entfernte man die Balkone zusammen mit anderen in der Straße ein paar Jahre später; eine Frau, hieß es, sei bei einem Sturm von herabfallenden Teilen erschlagen worden.

Von den Hauswänden war der Putz großflächig abgeblättert. Taubenkot zerstörte die Simse, auf denen sich die Tiere scharenweise niederließen. Niemand vertrieb sie, nicht einmal die dicke getigerte Katze, die von verschiedenen Leuten beköstigt wurde. Manchmal wurde Berthe nachts durch Laute geweckt, die wie Kinderjammern klangen und ihr jedes Mal das Herz verkrampften, bis ihr durch die aggressive Verstärkung aufging: Das Katzentier kämpfte oder vergnügte sich mit einem anderen.

Irgendwann war das Haus in die Liste der zu erhaltenden Denkmale aufgenommen worden, was den damaligen Verwaltern dazu gedient hatte, sich für die Ausbesserung nicht mehr zuständig zu fühlen; der stete Mangel an Handwerkern hätte sie ohnehin nicht in die Verlegenheit gebracht, aufwendige Instandsetzungen von den geringen Mieteinnahmen begleichen zu müssen.

Derart unaufgehalten verfiel alles in zunehmender Beschleunigung. Fehlende Dachziegel, beschädigter Verputz ließen den Regen in Holz und Mauern dringen, der auch nach einem späteren Schließen der Lücken sein feuchtes Zerstörungswerk weitertrieb. Eine Architektin hatte zu andersstaatlichen Zeiten einmal preis gegeben, Schwamm habe die Mauern durchdrungen, sodass eigentlich alles abgerissen werden müsste.

Berthe kam dazu, als Erna in der geöffneten Kammertür stand und nachdenklich in den verwinkelten Raum sah; schon immer hatte er dazu gedient, unterzubringen, was man zwar benötigte, ansonsten aber als lästig empfand.

»Früher war ich der Staubsauger«, sagte Erna.

Im Hof stand noch immer eine Teppichstange. Zusammen mit ihrem Mann hatte auch Berthe sie noch benutzt.

»Oder im frischen Schnee ausgeklopft«, sagte Erna.

Damit hatte Berthe manchmal gezögert, weil sie den Anblick eines frisch beschneiten Hofs nicht beschädigen wollte. Doch lange hatte das nie gehalten; war nicht ohnehin der Schnee gleich wieder geschmolzen, hatten andere schmutzige Vierecke auf die weiße Fläche geklopft.

»Die Kammer müsste mal gestrichen werden«, sagte Erna. »Ich werde den Gedanken nicht los, dass hier drinnen ein Mädchen, eine Frau ihr einziges Refugium hatte. Da sollten doch wenigstens die Wände schön sauber sein.«

»Solange das Haus nicht in Stand gesetzt ist, lohnt sich das doch nicht.«

Erna sah unzufrieden aus.

»Wer weiß, was sich dann alles ändert«, sagte Berthe. Der neue Besitzer hatte einiges vor.

Wie mühevoll war es vor einem Jahrzehnt gewesen, die Zimmer zu erneuern. Dreckwolken, Schuttberge, als die Kachelöfen abgerissen wurden, um eine Gasheizung zu installieren; feinster Staub drang durch alle Ritzen, als sie die Holzfußböden abschleifen ließen. Einen Großteil ihrer Ersparnisse hatten sie dafür ausgegeben. Zehn Jahre später, hatten sie sich gesagt, würden sie dieses Räumen, Kehren, Wischen, Staubsaugen, wieder räumen, wieder kehren, wischen, staubsaugen womöglich gar nicht mehr durchstehen. Als Schönheitsreparaturen bezeichnete man das nun. Kaum etwas davon würde bleiben; neue Fenster, neue Heizung, die Elektrik sollte unter Putz gelegt werden. Allenfalls die Fußböden konnte man retten.

»Vorher hab ich keine Lust, hier noch was zu machen.«

Erna war immer voller Tatendrang.

10.

Berthe hatte gekocht, was Erna besonders gern aß: grüne Bohnen mit Hammelfleisch. Doch ausgerechnet heute kam Erna nicht zur gewohnten Zeit. Berthe drehte das Gas ab.

Das war wie früher, wenn eins der Mädchen nicht rechtzeitig nach Hause kam; je länger das Ausbleiben, desto grausamer die Bilder eines möglichen Unglücks. Heinrich hatte immer Bescheid gesagt, wenn er sich verspätete. Warum rief Erna nicht an? Sollte sie vergessen haben, ihre Fahrkarte in den Entwerter zu schieben, und es kamen Kontrolleure, konnte sie sich nicht mal ausweisen.

Berthe fühlte sich für Erna verantwortlich. Erna war doch erwachsen, kannte sich in manchem bereits besser aus, weil sie auf alles neugierig war, während Berthe sich manchmal gegen die ständigen Änderungen auflehnte. Eine Lebensgeschichte, die Erna im Notfall glaubhaft erzählen konnte, hatten sie sich zusammen ausgedacht; zu schüchtern, sie vorzutragen, war Erna auch nicht mehr. Aber was war ein Notfall? Kam Erna ins Krankenhaus, war sie nicht mal versichert.

Berthe musste zügiger am Mittel zum Einnebeln arbeiten, damit Erna endlich zu ihrem Ausweis kam. Bis jetzt hatte sie nur etwas herausbekommen, das zwar rasch und tiefschläfernd wirkte, aber nur für kurze Zeit. Da müssten sie immer wieder nachsprühen, und das konnte der Gesundheit der Eingeschläferten schaden. Das wünschte sie nicht mal den Damen, die zu DDR-Zeiten die Bürger scharf tadelnd schikaniert hatten, und denen es bis heute nicht gelungen war, ihre verkniffene Überlegenheitspose freundlicheren Tönen weichen zu lassen. Doch ihnen ein Schnippchen zu schlagen, darauf freute sich Berthe schon jetzt.

Berthe bemerkte, dass sie mit sich redete, nicht laut, doch so, dass ihre Lippen sich bewegten. Das sagte man Leuten nach, die zu viel allein waren. Sie war doch nicht allein.

Sie zündete das Gas wieder an. Hammelfleisch musste heiß gegessen werden, sonst hinterließ es ein pelziges Gefühl im Mund.

Wenn Erna einen Ausweis besaß, konnte man sie endlich anmelden. Die Nachbarn hatten bis jetzt nicht erkennen lassen, dass sie Ernas Anwesenheit beanstandeten, aber wer weiß, was sie redeten, wenn Berthe es nicht hören konnte.

Als es endlich an der Korridortür schloss, hatte Berthe bereits überlegt, wie sie Erna unverdächtig der Polizei beschreiben könnte, um nach ihr suchen zu lassen.

Erna versuchte ihr Strahlen zu dämpfen, als sie merkte, wie viel Sorgen sich Berthe um sie gemacht hatte.

»Ich habe jemanden kennen gelernt. Einen Herrn.«

Irgendwann musste das ja passieren. Aber dass sie deshalb in ihr altes Vokabular verfiel – Essen mochte Erna natürlich auch nichts.

Berthe fand sich in ein entspannendes Lächeln. Diese Empfindungen waren ihr doch vertraut. Eigentlich hatte sie Erna vor den Folgen warnen wollen, doch angesichts glänzender Augen und vibrierender Haut wäre sie sich vorgekommen wie eine Kröte, die auf ein frisch bezogenes Bett springt.

Eine U-Bahn war ausgefallen; sie hatten nebeneinander gestanden und waren darüber ins Gespräch gekommen. Als sie feststellten, dass sie beide Stadtmitte umsteigen mussten, habe er sie zu einem Kaffee eingeladen.

Wie originell.

»Hättest wenigstens anrufen können.«

»Wollte ich doch. Aber das hätte womöglich so ausgesehen, als wäre ich nicht frei, verstehst du?«

»Ist er denn ›frei‹?«

»Witwer. Seine Frau ist vor drei Jahren an Brustkrebs gestorben.«

Verheiratete Männer mogelten sich im Allgemeinen anders durch. Ernas Erwählter trug sogar den Ring zusammen mit dem eigenen an der rechten Hand. Nach Ernas Schilderungen schien er ein Edelmuster seines Geschlechts zu sein. Die große Ausnahme. Wie bekannt Berthe das vorkam. Das Gewöhnliche wurde erst wahrgenommen, wenn die Augen, die darauf schauten, ihren besonderen Glanz verloren hatten.

»Und was hast du ihm über dich erzählt?«

»Von mir nur Unwesentliches. Ich habe hauptsächlich ihn reden lassen.«

»Aber ihr wollt euch doch wiedertreffen.«

Dann würde es also bald einen Mitwisser geben. Nicht einmal ihren Töchtern hatte Berthe die Wahrheit über Erna gesagt. Der Beichtdrang Liebender machte selten Halt vor notwendigen Geheimnissen; erst wenn das Wesentliche aufgedeckt war, begann wieder die Verhüllung.

Berthe sah Erna eindringlich an; ihre Skepsis versuchte sie mit einem Lächeln zu kaschieren.

Derlei Verbrämungen konnte sie sich sparen; Ernas Zustand machte sie immun gegen Einwände.

Erna war das Kind einer Bürgertochter, die einem jungen Bediensteten nicht widerstehen konnte. Da war sie schon sechsunddreißig. Ihre Eltern entließen das Bürschchen und brachten die Tochter auf einen fern liegenden Gutshof, wo Erna von der Amme der Gutsbesitzerkinder aufgezogen wurde. Die Summe, die Ernas Großeltern dafür zahlten, bekam aber nicht die Ziehmutter, sondern der Gutsherr. Und der vergewaltigte Erna, als sie fünfzehn war.

Sie hatte nicht geglaubt, dass sie die Angst, den Abscheu vor einem männlichen Glied jemals wieder verlieren würde. Dieser entsetzliche Schreck, als jemand nachts in ihre Kammer kam, ihr, als sie aufschrie, seine derbe Hand auf den Mund presste! Jetzt werde ich umgebracht, dachte sie. Aber der Mann tuschelte ihr ins Ohr, sie solle nur still sein, stillhalten, dann werde es auch für sie schön werden. Sie erkannte die Stimme und erstarrte. Ihr Körper vermochte sich nicht zu wehren, als die Hand, die ihr riesig erschien, ihre noch kleinen Brüste anfasste, dieser übermächtige Kerl ihr das Kissen unterm Kopf wegzerrte und unter ihren Hintern stopfte, ihr die steifen Beine aufstellte, die Knie, die sie als einzigen Reflex kurz zusammenpresste, mit beiden Händen auseinander drängte, immerzu keuchend, flüsternd, was sie nicht verstand. Und dann stieß etwas, das sie für sein Knie hielt, an eine Stelle, die sie bis dahin selbst beim Waschen kaum zu berühren gewagt hatte; es stieß, stieß, stieß, bis es ihren Leib zerriss, nun schrie sie doch wieder, die Hand hielt ihr abermals den Mund zu, es stieß weiter, weiter – und dieses tabakstinkende Gekeuche, vor dem kein Kopfwegdrehen schützte! Hoffentlich sterbe ich schnell, dachte Erna, damit es ein Ende hat, nur sterben wollte sie – als der Mann plötzlich aus ihr herausfuhr und etwas Glitschig-Warmes sich auf ihrem Bauch ausbreitete.

Nachdem er gegangen war, bekam Erna eine Art Schüttelfrost. Später goss sie sich zitternd und schluchzend Wasser in die Waschschüssel, versuchte das eklige, inzwischen angetrocknete Zeug abzuwaschen, auch das Blut, sie konnte ohnehin nur breitbeinig stehen und gehen vor Schmerzen. Sie knüllte das Laken zusammen, schob es in die Fußecke, legte sich auf die Strohmatratze und überlegte, wie sie sich umbringen könnte. Aber irgendwann schlief sie ein.

Da Erna am Morgen nicht in der Küche erschien, sollte eine Magd sie holen. Die lief erschrocken zur Großmagd, die sofort begriff und die Amme rief.

Die Amme fragte nur: Wer?, bekam aber keine Antwort. Sie strich Erna übers Haar, holte ein frisches Laken und sagte, sie werde dafür sorgen, dass Erna heute im Bett bleiben dürfe. Zu Mittag brachte sie ihr eine Schüssel Suppe, strich ihr wieder übers Haar und seufzte. Erst diese Ergebenheit machte dem Mädchen klar, dass es erwartet hatte, alle würden empört aufschreien.

Vom Hof drang die alltägliche Geschäftigkeit, mitten hinein die Anordnungen des Gutsherrn.

Als es stiller wurde und dunkel zu werden begann, zog Erna mehrere Kleidungsstücke übereinander, rollte ihre restlichen Sachen in das saubere Laken und verknotete es. Um nicht beim Überqueren des Hofs bemerkt zu werden, kletterte sie unter Schmerzen hinter dem Gutshaus über den Zaun. Wie zur Warnung begann der Hofhund zu knurren, sie rief ihn leise beim Namen, er kläffte ein wenig, als hätte er sie verstanden. Niemand hielt sie auf.

Erna wollte in die nächstliegende große Stadt, wo keiner sie kannte.

11.

Vieles war zu bedenken für die Ausweisaktion. Meist saßen mehr als zwei Frauen im Dienststellenzimmer; sie mussten alle rasch benebelt werden, damit keine zum Telefon greifen konnte. Und, das war Berthe erst später eingefallen, sie musste dafür sorgen, dass sie selbst wach blieben. Ein Gegenmittel brauchten sie also, das sie vorher einnehmen und mit dem sie, wenn nötig, die Behördendamen wieder zur Besinnung bringen konnten; langsam, damit sie mit Erna Zeit genug hatte, zu verschwinden.

Die Behörde, die jetzt ›Landeseinwohneramt‹ hieß, befand sich noch immer in der ersten Etage desselben Wohnhauses. Nicht mal die Gitterstäbe vor den Fenstern hatten sie entfernt. Derselbe dunkle geflieste Flur, die abgetretenen Stufen, die um die Ecke bogen, bevor sie zum Eingang der Meldestelle führten. Die Räume waren jetzt hell gestrichen, zwei Tische und die plastebezogenen Stühle für die Wartenden stammten noch aus Zeiten, da die hier Arbeitenden bläulich grüne Uniformen trugen.

Berthe zog eine Nummer: 24; gerade wurde die 16 aufgerufen.

Kahl und unwirtlich wirkte das Wartezimmer. Früher waren die Wände mit unruhig gemusterter Tapete beklebt, und aus einem Bilderrahmen hatte der jeweilige Staatsoberste gelächelt.

Eine der Diensthabenden kam mit einer leeren Glaskaffeekanne heraus. Ein junger Mann wagte seinen Kopf durch den Türspalt zu stecken; er werde aufgerufen, konnte Berthe hören.

Ein Mann hatte sich gerade die 28 aus dem Kästchen genommen, als endlich die Nummer 17 ins Zimmer durfte.

Wenn Warten vorauszusehen war, steckte sich Berthe immer ein Buch in die Tasche. Heute musste sie sich zum Lesen zwingen.

Als ihre Zahl endlich aus dem Lautsprecher schnarrte, sah sie auf die Uhr: Ein und eine Viertelstunde waren vergangen, seit sie das Kärtchen gezogen hatte.

Drei Frauen, zwei davon Berthe bekannt von früher, saßen hinter ihren Barrieren. Die vorn Sitzende, die Berthe aufgerufen hatte, sah ihr mit kaum unterdrückter Strenge entgegen. Sie konnte nur wenig jünger sein als Berthe, war aber kleiner und fülliger. Unter einem stramm sitzenden dunkelbraunen Kleiderrock trug sie eine weiße Bluse mit roten Punkten und einer Schleife am Hals. Berthe hatte sie noch mit einem bläulich grünen Käppi, seitlich mit Haarklemmen befestigt, in Erinnerung. Die jüngere, etwas dünne Kollegin hinter ihr war immer freundlicher gewesen.

Berthe behauptete, ihren Personalausweis verloren zu haben.

Während die Stramme nach einem missbilligenden Blick ein Protokoll darüber aufnahm, entdeckte Berthe neben einem Schlüsselbund ein Namensschild auf ihrem Schreibtisch: Frau Kranold. Frau Kranold bemühte sich um Höflichkeit, die man ihnen offenbar nach dem Verlust ihrer alten Position eingehämmert hatte; Berthe fand den Erfolg mäßig. Frau Kranold schien es schwer zu fallen, denen, die seitlich an ihrem Schreibtisch saßen, freundlich wie Gleichgestellten zu begegnen. Zu so einer hätte Berthe gern mal laut gesagt: Haben Sie nicht früher schon – Nun freute sie sich darauf, diesen Brocken auf dem Stuhl zusammensacken zu sehen, womöglich mit Schnarchfolgen. Hoffentlich hatte Frau Kranold Dienst, wenn sie zum Einschläfern anrückten. Die Dünne tat Berthe eher Leid. Aber auch sie würde es überstehen.

Die grünen Metallregale mit den Rollkästen für die Personenkartei schienen alle unverschlossen. Kamen die Ausweise hierher oder, wenn sie fertig gedruckt waren, gleich zur Ausgabestelle gegenüber der Eingangstür? Dort war es wenigstens einigermaßen hell, während hier das Tageslicht aus dem Hinterhof nicht ausreichte und die regalverstellten Wände alles noch finsterer machten; von der hohen Decke funzelten die alten Neonlampen. Wäre Berthe gezwungen, Tag für Tag in so einem Raum zu arbeiten, würde sie wahrscheinlich trübsinnig werden.

Frau Kranold besah sich die beiden Passfotos, prüfte, ob sie mit der Antragstellerin übereinstimmten, verglich sie mit dem alten Konterfei. Ihre Miene, als sie die Bilder zufrieden mit einer Büroklammer an der Karteikarte befestigte, schien zu sagen: Na, wir sind wohl auch schon mal schöner gewesen. Den Wunsch, ihr eine runterzuhauen, konnte Berthe mit dem Gedanken an Künftiges leicht besänftigen.

12.

Es klingelte. Viermal. Ruth. Berthe hatte ihr kleines Labor in der Küche aufgebaut. Sich stumm stellen, tun, als ob sie nicht zu Hause wäre? Ruth hätte ja vorher anrufen können.

Sie hatte die Kinder mitgebracht. Rose, die Jüngere, war an dem Tag geboren, da die Bürger zum ersten Mal ihr Wahlkreuzchen ohne Herzklopfen hinter einem Wandschirm machen konnten. Wäre das Kind in den Umbruchzeiten noch nicht in ihrem Leib gewesen, sagte Ruth, hätte Felix vermutlich keine Schwester bekommen. Nachdem Ruth sich entschlossen hatte, eine eigene Praxis als Internistin aufzumachen, hatte sich Berthe öfter der Kinder angenommen.

Gewöhnt, dass es dort etwas zu trinken gab, drängten sie sofort in die Küche.

»Was machst du denn da?«, fragte Ruth, als sie den Tisch voller Gerätschaften sah.

»Kleine Hexenküche.«

Ruth sah ihre Mutter misstrauisch an.

Felix, der bereits zur Schule ging, ließ sich mit der Hexenauskunft auch nicht abspeisen.

»Wozu brauchst du das?«

»Ich mache eine Arznei.«

»Willst du der Chemischen Industrie Konkurrenz machen?«, fragte Ruth.

»Vielleicht.«

Rose leckte sich ein Milchbärtchen von der Oberlippe. »Bist du krank?«

»Ach, die Oma kann manchmal schlecht einschlafen, und dann ist sie am nächsten Tag schrecklich müde.«

»Warum hast du mir davon nichts gesagt? Ich kann dir doch ein paar Mittel nennen.«

»Zu teuer. Außerdem macht es mir Spaß.«

Das schien die Tochter zu überzeugen.

Felix verließ die heute so interessante Küche nicht gern, und Berthe versprach, ihm demnächst ein paar Experimente zu zeigen. Sie wusste, daran würde er sie erinnern, bis sie es einlöste.

Rose kletterte auf den Stuhl vorm Bücherregal und zog ›Grimms Märchen‹ heraus; ›Dornröschen‹ wollte sie hören, und die Oma sollte vorlesen.

Diese Märchen waren für Berthe in der Kindheit sehr wichtig gewesen. Den dicken Band mit Illustrationen von Ludwig Richter, dessen Zeichnungen besonders Berthes Mutter liebte, hatten zusammen mit der übrigen Wohnungseinrichtung die Flammen einer Brandbombe gefressen. Vermutlich hätte Berthe nach der Kinderzeit so schnell nicht wieder hineingesehen; erst wegen der eigenen Kinder brachte ihr Mann eine antiquarische Ausgabe mit, woraus er aber meist selber vorlas. Nur manchmal übernahm es Berthe – und wurde prompt von ihren Töchtern getadelt, weil sie ›nicht richtig‹ betone. Da war ihr aber noch nicht aufgefallen, was sie viel später, als sie ihren Enkeln vorzulesen begann, so verblüffte: Die als ebenso wunderbar wie bedrohlich empfundenen Geschichten erwiesen sich als Text von lediglich drei bis fünf Seiten. Wie viel Kunst lag in diesen einfachen knappen Sätzen, dass sie vermochten, Welten aufzutun, in denen sie ihre eigenen Kümmernisse wieder erkannte und so recht wie billig gesühnt fand. Und so lebten sie vergnügt bis an ihr Ende.

Es schloss an der Tür.

»Erna kommt!« Die Kinder liefen auf den Korridor.

Erna nahm Rose auf den Arm. Felix stand daneben und bedauerte wohl, dass nicht er der Kleinere war.

Ruth verhielt sich Erna gegenüber kühl beobachtend, als sei ihr die Person, die ihre Mutter bei sich aufgenommen hatte, nicht ganz geheuer, und sie warte darauf, dass sich etwas herausstellte, was ihre Skepsis bestätigte.

Erna schien das nicht zu kümmern. Sie wandte sich den Kindern zu, und Berthe, die sich nicht so gern an den Spielen beteiligte, sah mit Vergnügen zu, wie Erna über den Teppich robbte, sich je nach Wunsch der Kinder in eine Verkäuferin oder in einen Polizisten verwandelte; sie legten Dominosteine übereinander, reihum jeder einen – bis der dünne Turm einstürzte. Erna übertrieb ihr Erschrecken so, dass die Kinder lachen mussten und sie mitlachen konnte.

Ruth drängte zum Aufbruch.

Als sie gegangen waren, fragte Erna: »Hat sie was gegen mich?«

Berthe zögerte. »Vielleicht denkt sie, ich lasse mich ausnutzen von dir.«

»Ist sie misstrauisch?«

»Eigentlich nicht. Ihr fehlt das Spontane, was ihre Schwester hat. Selma ist zwar manchmal ein bisschen derb, aber sie kann ohne weiteres auf andere Menschen zugehen, weshalb sie schon als Kind die Beliebtere war. Ruth hat darunter gelitten. Sie hat sich mehr auf sich selbst zurückgezogen und ihre Erfolge in schulischen Leistungen gesucht. Später im Studium. Darin ist sie ihrem Vater ähnlich. Aber was bei einem Mann ohne weiteres akzeptiert wird, legt man einer Frau gern als Gefühlskälte aus.«

»Ich halte sie nicht für kalt«, sagte Erna. »Eher für ein bisschen gehemmt.«

Da Ruth nach außen hin selbstbewusst auftrat, wäre Berthe nicht auf diese Einschätzung gekommen. Vermutlich hatte Erna Recht. Berthe wusste zu wenig von ihren Kindern. Auch Ruths Mann war kein impulsiver Mensch; über Ruths Ehe könnte Berthe auch nicht viel sagen. Sie hätte nur ihrer Tochter gern erspart, sich eines Tages eine Fremdheit eingestehen zu müssen, an der sie nichts mehr ändern konnte.

13.

Das einzige Mädchen, das Erna zur Welt gebracht hatte, war wenige Stunden nach der Geburt gestorben. Bei zweien ihrer Kinder hatte sie mitansehen müssen, wie sie kurz nacheinander entsetzlich litten, bevor sie starben: Diphtherie.

»Euch ist doch gar nicht klar, wie gut ihr es habt mit den Impfungen«, sagte Erna. »Ersticken, das ist kein Sterben, bei dem du gnädig immer schwächer wirst, das ist ein verzweifeltes Jagen nach einem Happen Luft. Die kleinen dünnen Körper bäumen sich auf mit einer unglaublichen Kraft, die Augen sind aufgerissen, der Mund – und heraus kommt nur ein mühseliges Glucksen. Du möchtest dein Kind beruhigend streicheln, aber du fürchtest, das würde es noch mehr belasten. Also lässt du es, siehst hilflos zu, wie es leidet, siehst weg, betest, nur um dich selbst zu beruhigen. Als mein armes Kind dann endlich still vor mir lag, war das eine solche Erlösung. Aber kaum hatten sie es aus dem Haus getragen, fing das Nächste an – und ich wusste, was ihm bevorstand. Du denkst, du wirst verrückt. Aber du hältst es aus. Du siehst wieder zu, wie dein Kind sich quält, nicht einmal schreien kann, dich vorwurfsvoll ansieht, weil du ihm nicht hilfst. Etwas Schlimmeres kann ich mir nicht vorstellen.«

Morphium, dachte Berthe, heute gibt es wenigstens Morphium. Ihr fiel eine Szene aus einem Nachkriegsfilm ein: Der Arzt schneidet dem Mädchen die Luftröhre mit einem Küchenmesser durch und setzt ein Stück Gummischlauch vom Gaskocher ein.

»Warum ist man denn nicht auf diese Idee gekommen?«

Erna wusste es nicht. »Bloß gut«, sagte sie, »dass wenigstens der Kleine bei den Großeltern war. Gezittert hab ich trotzdem um ihn.«

Der Kleine war vierzehn, als sie selber starb. Erna würde so gern wissen, wie alt er wurde, ob er Kinder hatte; sie wusste nur, wo seine Geburt registriert wurde. Wenn sie einen Ausweis besaß, könnte sie sich vielleicht sogar nach ihren Kindeskindern erkundigen –

Man könnte es ein Wunder nennen, dass die Fünfzehnjährige nicht in eins der vielen Bordelle der großen Stadt geriet. Doch gerade das, was für viele Mädchen der erste Schritt in die Prostitution war, weil ihre Not und eine gewisse Apathie ausgenutzt wurden, hatte Erna entschlossen gemacht: Nie wollte sie so etwas Widerwärtiges noch einmal erleben.

Ihre Flucht fiel in die warme Jahreszeit, so konnte sie sich zum Schlafen am Waldrand und in Scheunen verstecken. Einen Becher Milch und ein wenig Brot erbat sie sich auf Höfen von den Frauen. Erna war klug genug, sich täglich zu waschen und genügend auszuruhen, bevor sie sich, in Berlin angekommen, nach einer Anstellung umsah. Sie meldete sich bei Leuten, die ›ein freundliches fleißiges Mädchen vom Lande‹ für ihren Haushalt suchten; Freundlichkeit war in anderen Anzeigen nicht gefragt.

Erna wurde sofort genommen, und weder sie noch ihre Herrschaft bereuten die rasche Wahl. Sie blieb bei ihnen, bis sie ihren künftigen Mann so gut kennen gelernt hatte, dass sie sich zur Heirat entschloss.

Paul Hubig war, was man einen ›anständigen Kerl‹ nannte. Er hatte das Zimmermannshandwerk erlernt und es bald zum Vorarbeiter gebracht. Erna vertraute ihm. Sie glaubte sogar ihn zu lieben, obwohl sie, wie sie im Nachhinein erkannte, Liebe erst viel später erfuhr.

Tapfer erzählte sie Paul Hubig eines Tages, warum sie vom Gutshof geflüchtet war. Ihre Zustimmung zur Heirat machte sie davon abhängig, wie er ihre Beichte aufnahm. Die Frau, bei der sie arbeitete, hatte ihr dazu geraten. Es gibt Männer, hatte sie gesagt, die verachten eine Frau deshalb und behandeln sie schlecht.

Erna wollte nicht schlecht behandelt werden. Sie gab Paul Hubig eine Chance.

Er war bestürzt und zeigte Mitgefühl.

Nach der Hochzeit gab er sich die größte Mühe, Erna nicht durch Grobheit zu verletzen. Aber aufregend, gar schön sei das nie für sie gewesen, sagte Erna. Männer brauchen das eben, hatte sie gedacht, und ohne das hätte sie keine Kinder bekommen. Sie habe sich bei ihm geborgen gefühlt; den Akt selber habe sie ertragen wie eine Arbeit. Sicher, zuweilen sei es ein wenig lästig gewesen, aber darein habe sie sich ergeben wie in andere Notwendigkeiten.

14.

Das Körperthermometer zeigte vierzigkommasechs. Erna lächelte, als verstünde sie die Gefahr nicht. Ihre Augen glänzten schleierig, sie hörte nicht auf zu lächeln. Berthe begriff, dass sie ihr keine Entscheidung überlassen konnte.

Sie umwickelte Ernas Waden mit kaltfeuchten Tüchern. Das war kein harmloser Infekt, grippal genannt, das war, wenn nichts anderes, die echte Grippe, Influenza, Berthe hatte sich impfen lassen dagegen. Gut, dass sie noch Kniestrümpfe von Heinrich hatte, tüchtig gedehnt, konnte sie die über die umwickelten Beine ziehen.

Erna seufzte, als Berthe sich wieder an ihr zu schaffen machte, ihre Augen blieben aber geschlossen. Berthe fühlte Ernas Stirn: erschreckend heiß. Ob Rettungsärzte nach dem Krankenversicherungsausweis fragten? Sie könne doch nicht in fremden Taschen wühlen; das müssten sie akzeptieren. Und wenn sie darauf bestünden, Erna in ein Krankenhaus zu überweisen? Berthe überschlug ihre Ersparnisse; das würde sie nicht lange durchhalten.

Aber sie konnte die arme Erna doch nicht krepieren lassen. (Dass sie noch gar nicht sterben konnte, fiel ihr erst später wieder ein.)

Ein Mensch ohne Krankenversicherung durfte nicht krank werden. Nur wenn er reich war. Aber dann war er auch gegen Krankheit versichert. So war das also in Amerika, wo man sich ›freiwillig‹ versicherte. ›Freiwillig‹ nicht versicherte, weil man sonst nicht genug zu essen hätte.

Ruth würde sie eine Klinikeinweisung leichter ausreden können. Wenn Berthe oder Heinrich krank wurden, hatte Ruth sie nie im Stich gelassen. Sollte sie doch misstrauisch sein.

Berthe behauptete, ihr selbst gehe es schlecht, und Ruth versprach, sofort nach Sprechstundenende zu kommen.

Berthe sah ihre Arzneien durch, las Verfallsdaten; sie musste aussortieren, da waren noch Medikamente dabei, die man Heinrich verordnet hatte. Die gute alte *Acesal,* nicht in Plaste und Metallfolie eingeschweißt, nur in Papier gepresst, zehn Stück für 36 DDR-Pfennige. Acesal gegen Schmerzen, gegen Fieber, Schadwirkungen waren nicht zu befürchten, das konnte sie Erna auf jeden Fall geben, nur würde es hierbei nicht ausreichen.

Zum dritten Mal wechselte Berthe bereits die feuchten Tücher, als es klingelte.

Berthe gestand, wer krank war, und es folgte, was sie befürchtet hatte: kein Wort, nur ein Blick, der Ruths Missbilligung ausdrückte.

Erna ließ sie es nicht entgelten. Da war sie Ärztin, hörte sich den Bericht der Mutter an, nickte zustimmend, als von Wadenwickeln die Rede war, horchte, klopfte, zählte die Pulsschläge, pumpte Luft ins Blutdruckmesskissen, sah ernst aus. Das Fieber sei gefährlich hoch, Erna müsse ins Krankenhaus.

Berthe sah Ruth fest an: »Erna möchte auf keinen Fall ins Krankenhaus, und ich habe ihr versprochen, sie zu Hause zu behalten.«

Tapfer hielt Berthe dem Blick der Tochter stand, in dem nun auch der Triumph enthalten war, doch richtig vermutet zu haben; Ruth kostete das aus. »Wenn du meinst«, sagte sie schließlich.

»Ich bin doch den ganzen Tag zu Hause und kann mich um sie kümmern!« Berthe merkte selbst, dass da ein falscher, übereifriger Ton mitklang.

Ruth holte Rezeptformulare aus ihrer Tasche. »AOK?«, fragte sie.

Jetzt kam das Schwierigste. »Könntest du das Rezept nicht auf meinen Namen ausstellen?«

Berthe sah, wie ihre Tochter die Augen schloss. Sie fürchtete eine Ablehnung. Die Kranke neben ihnen schlief, hörbar durch den leicht geöffneten Mund atmend.

Als Ruth ihre Mutter wieder ansah, war da kein Triumph mehr zu spüren, keine ablehnende Strenge, sondern Mitgefühl. »Aber ich muss dir ein starkes Antibiotikum aufschreiben.«

Berthe beschloss, es in einer Apotheke zu holen, in der man sie nicht kannte.

»Unbedingt noch heute Abend muss Frau Hubig die erste Kapsel einnehmen.«

Hoffentlich wurde Erna irgendwann wach, damit Berthe sie ihr in den Mund schieben konnte.

Im Flur, an der Wohnungstür, gab Ruth ihrer Mutter die Hand.

»Wenn ich dich nicht hätte«, sagte Berthe.

»Morgen um diese Zeit komme ich nachsehen. Sollte vorher etwas Ungewöhnliches sein, ruf mich bitte an.«

Hilflos vor Dankbarkeit, stand Berthe vor ihrer Tochter, die ein Stück größer war als sie, nickte, ohne aufzuhören, wie eine zittrige Alte kam sie sich vor. Ruth umarmte ihre Mutter. Das geschah selten.

Als Ruth gegangen war, setzte sich Berthe auf den Stuhl, der im Flur stand, ließ ihre Tränen laufen.

Sie musste nach Erna sehen, die bestimmt schon wieder warm gewordenen Tücher wechseln, bevor sie zur Apotheke ging. Das hätte ihr Ruth auch noch abnehmen können, aber daran hatte wohl auch sie nicht gedacht.

15.

Unangenehm feuchtkalt war es draußen. Berthe wickelte ihren Schal fester um den Hals. Erna ging es wieder besser, tagsüber blieb sie nicht mehr im Bett, durfte aber noch nicht ausgehen.

Seit Tagen konnte Berthe verfolgen, wie ein Haus in der nächsten Querstraße täglich kleiner wurde. Vom gegenüberliegenden Bürgersteig dirigierten zwei schutzbehelmte Männer per Funktelefon die Arbeit des Kranführers, der die Greifzähne an der jeweils bezeichneten Stelle zubeißen ließ. Ein Stück entfernt beobachteten eine Frau und ein etwa zehnjähriger Junge mit offenem Mund das Geschehen. Als Berthe vorüberging, hörte sie, wie die Frau sagte:

»Dort war unsere Küche!«

Und der Junge: »Aber mein Zimmer steht noch!«

Heute fraß der Bagger bereits die nächste Etage ab. Es hatte geregnet, und in der Straße roch es aufdringlich nach nassem Gemäuerstaub.

Als Berthe vom Einkaufen zurückkam, wurde sie im Hausflur von einem alten Mann aufgehalten, der sich an der Wand abstützte. Im Erdgeschoss praktizierten zwei junge Ärztinnen, die als Allgemeinmedizinerinnen für vielerlei Beschwerden zuständig waren, weshalb sich Berthe nicht wunderte, die unterschiedlichsten Leute im Hausflur anzutreffen.

Der alte Mann hielt Berthe ein Bestellkärtchen hin. Er trug keine Brille.

»Können Sie mir sagen, was hier steht?«

Groß, mit dickem rotem Filzstift, stand da ein Datum, das besagte, den Mann hatte es zwei Tage zu früh hergetrieben. Jetzt war die Praxis geschlossen.

Als Berthe sich zum Weitergehen wandte, erbat der Mann winkend noch einmal ihre Aufmerksamkeit. Seine strahlende Miene verriet, dass keineswegs als Entschuldigung für seine Bitte um Hilfe gemeint war, was er Berthe noch mitteilen wollte:

»Bin einundneunzig Jahre!«

Anerkennend nickte Berthe ihm zu wie einem Kind, das ihr seine selbst gebaute Sandburg zeigt.

Erna meinte, sie könne den Stolz des Mannes verstehen.

»Ich werde jedenfalls nicht so alt.«

»So was kann man doch nie vorhersagen.«

»Ich schon.«

Berthe vergaß manchmal, dass Ernas Leben klarer begrenzt war als das ihrige. »Ich möchte aber keine einundneunzig werden, geschweige denn noch älter.«

»Weißt du, wie du in zwanzig Jahren darüber denkst?«

Berthe musste lächeln. In zwanzig Jahren würde Erna so alt sein wie sie jetzt: einundsechzig.

Früher hatte Berthe alte Menschen nur als etwas Fremdes wahrgenommen; wenn es nötig war, hatte sie ihnen geholfen, sich aber nie selbst in der Rolle der Hilfebedürftigen gesehen. Der später auftauchende Wunsch, vom quälenden Verfall verschont zu bleiben, vermochte die Distanz auch nicht aufzuheben. Nur allmählich gewöhnte sie sich an die Vorstellung, auch sie könnte es eines Tages sein, die dünnbeinig, rückengekrümmt auf einen Stock gestützt zur nächsten Einkaufshalle schlurfte, um sich das Nötigste zu besorgen – oder diejenige, die darauf angewiesen war, dass man ihr die Nahrung wie einem Kleinkind einlöffelte, womöglich nicht mal mehr in der Lage, den Mund im rechten Moment zu schließen.

Solche Anblicke kannte Berthe nur von Menschen, die ihr nicht nahe standen. Das Altwerden ihres Vaters hatte der Krieg verhindert; ihre Mutter war immerhin siebzig geworden, aber nie kränkelnd oder gar siech. Wegen eines nahenden Gewitters in Eile, hatte sie einem Motorrad nicht mehr ausweichen können. Ein Stück wurde sie mitgeschleift, bis auch der Fahrer stürzte. Er kam mit Kieferbrüchen davon, die Mutter starb auf dem Weg ins Krankenhaus. Den Anblick der Toten hatte sich Berthe erspart.

16.

Ernas schmales Gesicht, das mit den dünnen grauen Haaren, die sie seit einiger Zeit kurz schneiden ließ, fein wirkte, bekam durch Berthes Dunkelhaarperücke, in große kurze Locken gelegt, etwas geradezu Herausforderndes. Zum ersten Mal hatte Erna Hosen angezogen. Berthes Jeans saßen aufreizend knapp bei ihr; dazu ein Paar ausrangierte Pumps von Berthe.

Erna drehte sich vorm Spiegel, schwenkte ihre Hüften: »So kann ich notfalls auch noch meinen Lebensunterhalt verdienen.«

»Ich werde dich festhalten müssen, damit dich unterwegs keiner wegschnappt!«

Berthe hatte sich ein dünnes Tuch so eng um den Kopf geschlungen, dass ihr Haar darunter verschwand und der Hinterkopf sich ausformte. Die Brille blieb im Etui. Glanzrote, ein wenig übermalte Lippen, dunkel gefärbte Brauen und einen bräunlichen Teint für Erna; einen betont hellen für Berthe. Das dünne indische Hängerkleid aus dem Gebrauchtwarenladen (der jetzt Secondhandshop hieß) und Ohrclips, in die sie große Metallringe hängte, hatte an Berthe auch noch niemand gesehen.

Drei Minuten vor Sprechzeitende betraten sie die Warteräume. Es war voll. Sie ließen die 41 im Kästchen stehen, zogen die beiden folgenden Nummern, aber niemand kam mehr nach ihnen.

Fast eine Stunde verging. Die Räume leerten sich, Berthe hatte das Gefühl, ihr Hirn ebenfalls.

»Nummer einundvierzig!«, schnarrte es.

Streng sah Frau Kranold den beiden Frauen entgegen. Noch bevor sie etwas einwenden konnte, weil sie zu zweit kamen, blieb ihr der Mund offen stehen, und das Kinn fiel auf ihren strammen Busen. Die Nummer vierzig, ein junger Mann, der im Warteraum in Peter Nádas' ›Buch der Erinnerung‹, Taschenbuchausgabe, gelesen hatte, musste auch dran glauben, hinterrücks, da er von der Tür abgewandt saß. Die jüngere Kollegin, die Berthe kannte, war schon beim Aufräumen, als es sie so heftig erwischte, dass Berthe und Erna zu ihr sprangen, damit sie sich beim Hinfallen nicht verletzte. Sie legten sie auf den Fußboden, was sich später als hinderlich erwies, weil sie bei den Gängen zwischen Karteikästen und Schreibtisch jedes Mal über sie hinwegsteigen mussten. Den Oberkörper des jungen Mannes und den seiner Ausweisbearbeiterin beugten sie mit ausgebreiteten Armen über den Schreibtisch, damit sie nicht von den Stühlen rutschten. Frau Kranold war dafür zu kurz und kompakt; sie hievten sie vom Stuhl und legten sie hinter ihren Schreibtisch. Dann streiften sie sich Gummihandschuhe über, Berthe fand in Frau Kranolds Schlüsselbund den passenden Schlüssel für diesen Raum und verschloss ihn.

Der staatliche Zwang zu neuen Ausweisen erleichterte ihr Geschäft. Wissend, dass die alten nicht mehr unter die Lupe genommen wurden, hatten sie Berthes angeblich abhanden gekommenen Ausweis kunstvoll auf Erna Hubig umgeschrieben; einhundertelf Jahre nach ihrer ersten Geburt geboren, ledig, damit sie sich Fragen nach Heirat, Scheidung oder Witwenschaft ersparte, ein schwarzweißes Foto statt Berthes unter die metallene Befestigung geklemmt.

Jetzt mussten sie das polizeiliche Pendant herstellen, einen Antrag für den Umtausch dazu (mit Farbfotos). Vorbilder lagen auf den Schreibtischen, solche für die alte Karteikarte mussten sie in den Rollkästen suchen.

Frau Kranold schrieb mit Druckbuchstaben, das hätte sich leicht kopieren lassen, aber die Dame hatte bestimmt ein scharfes Gedächtnis; die Gefahr, dass die beiden anderen den Stapel der Anträge vom heutigen Tag noch einmal überprüften und eine Person ihnen fremd vorkam, schien gering.

Jedes Mal, wenn einer der Eingeschläferten sich rührte oder einen Laut von sich gab, schreckten sie auf – und beruhigten sich wieder, weil nichts sich verändert hatte. Die würden noch lange schlafen. Über Frau Kranolds männlich tiefe Stöhnlaute lachten sie leise. Beeilen mussten sie sich nur, damit von außerhalb nicht vorzeitig nach ihnen gesucht wurde. Die Neonlampen hatten sie ausgeschaltet, noch drang Tageslicht herein, Taschenlampen hatten sie mitgebracht.

Als sie fertig waren, tauschten sie ihre Werke aus und fanden nichts zu beanstanden. In spätestens sechs Wochen müsste Ernas Ausweis in der Ausgabestelle liegen. Der alte würde ungültig gestempelt, sie konnte ihn mit nach Hause nehmen, wie es die meisten machten; makabre, wehmütige, belächelte oder verhasste Erinnerung ans behütete Leben im großen Käfig.

Berthe zückte schon die Sprühflasche mit dem Weckmittel, doch Erna bat sie, noch einen Moment zu warten. Verschmitzt zog sie aus der Jeanstasche, was sie neulich in der Nähe des Brandenburger Tors erstanden hatte, wo Händler die Insignien des Altstaats verhökerten: ein Abzeichen der Hauptpartei, mit historischem Händedruck. Sie kniete neben Frau Kranold nieder und steckte es ihr in Brusthöhe an den dunkelbraunen Kleiderrock;

heute trug Frau Kranold eine gelbliche Bluse ohne Schleife darunter. Sie grunzte kurz und männlich, was Erna einen Moment erschreckte, dann kichern ließ. Berthe schüttelte heuchlerisch missbilligend den Kopf.

Frau Kranold bekam die Weckdosis als letzte. Mindestens eine halbe Stunde würde es dauern, bevor sie wirkte.

Auch der Schlüssel für die Außentür war am Bund; für die Haustür wurde keiner benötigt. Die Schlüssel zu vernichten, schien zu riskant; Berthe brachte sie zurück auf Frau Kranolds Schreibtisch. Alle vier schliefen noch friedlich.

Berthe zog die Außentür zu und entledigte sich der Gummihandschuhe. In der nächsten halben Stunde würde wohl kaum jemand ins unverschlossene Heiligtum eindringen.

Draußen begann es zu dunkeln. Untergehakt gingen sie gleichmäßigen Schritts nach Hause.

17.

Die Morgenzeitungen brachten es erst am übernächsten Tag. Vorher hörte Berthe nur in den lokalen Rundfunknachrichten von einem Überfall auf eine Einwohnermeldestelle, verübt von zwei Frauen, die vier Personen narkotisiert hätten. Das Tatmotiv ist noch unklar.

Erna brachte die bildreiche Schlagzeilen-Zeitung mit. FRAUEN BETÄUBEN EHEMALIGE DDR-POLIZISTINNEN, und darunter, etwas kleiner: EIN RACHEAKT? In anderen Zeitungen hieß es, man vermute Ausweisdiebstahl, womöglich für Asylbewerber.

Berthes Furcht war eine andere als vor der Tat. Eigentlich war sie schlimmer, denn jetzt ließ sich nichts mehr daran ändern. Wie viele Jahre gab es für Freiheitsberaubung und Urkundenfälschung? Gesetzbuch besorgen. Nicht aus der Bibliothek leihen, das wäre schon wieder ein Indiz; in einer möglichst großen Buchhandlung kaufen, wo sie es nicht erst bestellen mussten. Was alles zu bedenken war! Ein falscher Schritt, und die Riegel schlossen sich hinter ihnen. So hatte sich Berthe das Rentnerleben aber nicht vorgestellt. Sie hatte noch viel vor – Gefängnis fand sich in keinem ihrer Entwürfe.

Was sagte denn das Gesetzbuch über das Wiederleben einer schon mal Gestorbenen? Ohne Ausweis. Vermutlich nichts. Vielleicht würde das wenigstens als ›mildernder Umstand‹ gewertet. Täterinnen bislang unbescholten; Strafe zur Bewährung ausgesetzt. Eine Wiederholung war nun wirklich nicht zu befürchten. Aber wie sollte ein Mensch ohne gültigen Ausweis in diesem Land existieren? Derlei Logik war keine der Justiz. Wer legal hier lebt, kann sich auch ausweisen. Punkt.

Die Phantasie hielt sich nicht daran.

18.

Manchmal versuchte Berthe sich ins Nichtmehrdasein hineinzudenken, ins Verschwinden im eigenen Nichtmehrbewusstsein. Das Verblassen der Denkkraft schwächt auch die Phantasie. *Ich denke, also bin ich*. Ich denke nicht mehr, also bin ich nicht mehr. Ich fühle, also bin ich. Ich fühle nicht mehr, also – Alle Mutmaßungen und Lehren über ein Leben nach dem Tod, davon war Berthe überzeugt, entsprangen nicht nur der Abwehr gegen das unvermeidliche Sterbenmüssen, sondern auch dem Paradox, in Gedanken einen Zustand vorzuvollziehen, der das ausgelöscht hat, wodurch sich Menschen überhaupt erst wahrnehmen.

Jeder lernt, die Welt besteht auch außerhalb seiner Betrachtungsweise. So konnte Berthe sich vorstellen, wie die Welt weiter bestand, wenn sie selbst stumm am Unfallort, im Bett oder im

Grab liegen würde, als Aschehäufchen in einem Gefäß (da wurde es schon schwierig; verbrannt werden, ohne die Hitze zu spüren?). Aber all diese Bilder entstammten ihrer Erfahrung, sie setzte nur anders zusammen, was sie irgendwann gesehen und erlebt hatte; ihr Nicht-Leben zu imaginieren, entzog sich den Möglichkeiten ihres Hirns.

Eigentlich ließ sich nur das Vorher denken, das Sterben. Da gab es Wünsche ebenso wie Befürchtungen, Ungewissheit allemal. Ihre Furcht: ersticken oder umgebracht werden.

Das war eine Lektion, als sie vierzehn war. Ein Abend bei der Freundin, Schularbeiten machen und träumen, Musik hören und reden. Ein Alter, in dem der Tod für die Ahnungslosen etwas Fesselndes hat, phantasiegenährte düstere Schönheit, frei von Brutalität, Ekel, Mühsal und Schmerzen. Edel. Brahms' ›Deutsches Requiem‹ aus dem elterlichen Plattenschrank. ›Herr, lehre doch mich, dass ein Ende mit mir haben muss, dass mein Leben ein Ziel hat und ich davon muss‹, sang der Bassist, und die Sopranistin: ›Ihr habt nun Traurigkeit –‹. Traurigkeit. Sie waren verliebt in die Traurigkeit. Nicht in die Trauer, die dem Tod folgte, die Mutter schwarze Kleider tragen ließ, weil der Vater nicht mehr zurückkam aus Russland.

Es war spät geworden, Berthes Heimweg weit. Sie hätte mit der letzten Straßenbahn fahren können, zehn Pfennige, die wollte sie sparen.

Der Weg auf der breiten, mehrfach gegliederten Straße, entlang ausgedehnter Grünanlagen, war schwach beleuchtet, schummerig, anheimelnd, da ließ es sich sehnsuchtsvoll träumen, Brahms nachhörend, nachsummend, ›Herr, lehre doch mich –‹

Ein Mann holte sie ein. Ob sie keine Angst habe, so allein um diese Zeit hier langzugehen. Sie hatte keine Angst und ließ ihn das wissen. So wenig war sie von diesem Gefühl beengt, dass sie sich den Mann ansah: Er war kaum größer als sie, hatte dunkle, wellige, in die quergefaltete Stirn gewachsene Haare.

Das sei aber leichtsinnig. Da könne doch etwas passieren.

Schon möglich, dachte sie, vielleicht. Aber die geforderte Angst stellte sich noch immer nicht ein.

Neulich sei da jemand umgebracht worden. Sagte er ›jemand‹ oder ›eine Frau‹, gar ›eine junge Frau‹?

Er wisse die Stelle – ob er sie ihr zeigen solle?

Der gewünschte Schweiß quoll ihr in die Poren.

Sie war unbefangen gewesen, leicht-sinnig, das hatte den Mann behindert; nun war sie reif für ihn.

Sie entfernte sich auf den Radweg. Noch lief sie nicht, aber eine Pause gab es auch nicht mehr.

Sie brauche keine Angst zu haben, hörte sie ihn sagen: »Ein kurzer Schrei, und alles ist vorbei!«

In Leibhöhe sah sie etwas blitzen – ein Messer –

In ebendiesem Moment kam ein einsames Auto auf sie zu, der Mann sprang hinter einen Baum, und sie lief, rannte, lief, lief, rannte, rannte –

Wahrlich, der Herr hatte sie gründlich gelehrt.

Da waren die Phantasiebilder eines Wunschtodes doch angenehmer. Keine Schmerzen, auch nichts, was sie unterdrückte, das Wissen: Es ist soweit. Ihre Kinder oder doch eins von ihnen bei ihr.

Vor dem letzten Einsaugen und endgültigen Abstoßen der Luft, sagte man, wurden viele, die bis dahin teilnahmslos schienen, noch einmal wach. Wieder war es Musik, die den Abschied verklären sollte. Nicht Brahms, nicht Mozart, nicht Bach; ein Gleichzeitiger, einer, der vielleicht erst nach ihr starb: Hans Werner Henze, sein ›Beeing beauteous‹, mit Harfen, Celli und der entrückenden Sopranstimme Edda Mosers. Schon das erste Anhören in einem Konzert hatte Berthe so berührt, dass ihr die Klänge im

Gedächtnis blieben; nach Jahren, zum zweiten Mal, unvorbereitet aus dem Radio, traf es sie wieder wie etwas Ureigenes, verbunden mit dem Unerklärbaren, das alles Banale auslöschte; aufblühend die Sehnsucht, von der sie nicht wusste, wonach, nur dass sie nie gestillt werden konnte.

Berthe besaß keine Aufnahme davon, sie musste sich kümmern. Vorsorgen. Wofür? Diese gefühlsdurchdrungenen Wunschbilder ähnelten doch sehr denen aus früherer Zeit –

Neulich hatte sie beobachtet, wie sie einen alten, am Kopf blutenden Mann, der auf dem Gehweg gestürzt war, in den Rettungswagen luden. In seinen Augen glaubte sie die Angst zu sehen, diese Fahrt ins Krankenhaus könnte seine letzte sein.

Der Mann war vielleicht zwanzig Jahre älter als sie. Und wie oft war sie in letzter Zeit mit dem Knöchel abgeknickt? Noch konnte sie sich jedes Mal im Gleichgewicht auffangen.

Sie musste darauf achten, dass die Schuhe fest am Fuß saßen.

19.

Berthe las und musste sich eingestehen, sie las unaufmerksam. Sie wartete auf Erna, obwohl es da gar nichts zu warten gab; Erna traf sich wieder mit ihrem Freund, dem Herrn Erikson, und wenn sie diesmal die Nacht über bei ihm blieb, wartete Berthe ohnehin vergeblich.

Woher diese Neigung rührte, dieses Wartenmüssen wider die Vernunft, wenn Sorge auch nur annähernd begründet schien bis zur Selbstquälerei, das hatte sie nie herausgefunden. Heinrich hatte es schnell begriffen und alles getan, um es ihr zu ersparen. Die Kinder waren da nicht so rücksichtsvoll, schon gar nicht, als sie in das Alter kamen, in dem sie ausprobierten, wie lang denn die Leine war, von der sie sich ja gar nicht unbedingt losreißen wollten.

Als Berthe allein lebte, empfand sie es als Erleichterung, auf niemanden warten zu müssen, weil sie allein bereits vollständig war. Nun gehörte wieder jemand in die Wohnung. Doch Erna war erwachsen, selbständig, und Berthe wusste sogar, wo sie sich aufhielt. Wozu also die Unruhe?

Erna gab sich Mühe, wenig Geräusche zu machen. Berthe mochte ihr nicht entgegengehen, das hätte sie als aufdringlich empfunden, und Erna hätte es wohl nicht fertig gebracht, grußlos in ihrem Zimmer zu verschwinden.

Sie sieht aus wie ein Schulmädchen nach dem ersten Rendezvous, dachte Berthe.

»Vor mir brauchst du doch nicht verlegen zu sein.«

Erna setzte sich ihr gegenüber.

»Wenn es auch sonst keine Rolle spielt zwischen uns: Wenn ich mich mit meinem Freund treffe, fühle ich mich schuldig, weil ich so viel jünger bin als du.«

Am liebsten hätte Berthe gelacht, auch wenn sie es gar nicht lächerlich fand; sie verstand es sogar.

»Hast du noch nie bemerkt, wie ich mich freue, wenn ich Liebespaare sehe?«

»Was für Fremde gilt, muss ja nicht auch auf mich zutreffen.«

»Ich habe doch alles gehabt. Jetzt genieße ich meine Unabhängigkeit.« Dass ihre Warte-Manie schon wieder ein Zeichen von Abhängigkeit war, unterschlug Berthe.

Erna wollte etwas anderes wissen: »Warst du eigentlich glücklich mit deinem Mann?«

Was für eine Frage!

»Glücklich. Was heißt glücklich. Man ist doch nicht immerzu glücklich.«

Berthe solle sich nicht an das Wort klammern.

Erna hatte Recht; Berthe hielt sich bei der Formulierung auf, weil sie keine klare Antwort geben konnte. Glücklich. Zufrieden träfe es besser. Eine lahme Sache also, würde Erna denken. Das war es ja auch nicht gewesen. Warum hatte sie sich die Frage selbst nie gestellt?

Als das Rauschhafte verpufft war, Kritteleien und Auseinandersetzungen begannen (Unzufriedenheit!), geschah auch so viel Neues – die Kinder! –, musste täglich praktische Arbeit bedacht, besprochen und getan werden, da wurde Überschwang selten. Sie hatte alles als selbstverständlich genommen, jedenfalls nicht als etwas, das sie hätte beunruhigen müssen, weil es auffallend anders gewesen wäre als bei anderen, es sei denn, die ließen sich scheiden, eine Liaison kam Unbeteiligten zu Ohren, Kinder waren unheilbar krank oder mussten ein Schuljahr nachholen. Sie fand gar keine Zeit, darüber nachzudenken, ob sie glücklich war oder zufrieden; sie dachte auch nicht daran, sich dafür Zeit zu nehmen. Unglücklich war sie mit Heinrich jedenfalls nicht gewesen.

Nun hatte sie genügend Zeit zum Nachdenken, aber erst Erna brachte sie darauf.

Als sie Ende der fünfziger Jahre auf einer Konferenz über neue Strategien in den Naturwissenschaften nebeneinander saßen, stellten sie fest, sie hatten beide zur selben Zeit an derselben Universität studiert – Physik er, sie Chemie –, aber weder sie noch er konnten sich erinnern, den anderen dort gesehen zu haben. Nicht viel später machten sie das zu ihrer Liebeslegende: Wir haben den richtigen Zeitpunkt abgewartet. Ihre vergangenen Liebesbeziehungen waren ihnen auf einmal nur noch wichtig als Erfahrung, um den Unterschied zu begreifen – das Glück; als vorübergehenden Zustand, der immer mal wiederkehrte, wenn auch viel kürzer, konnte es Berthe so nennen.

Weder Heinrich Niemen noch Berthe Glowitz hatten bis dahin

an Heiraten gedacht; nun wollten es beide und wollten es bald. Niemand hatte etwas dagegen einzuwenden; sie mussten keine Sümpfe durchwaten, um zueinander zu kommen, ihretwegen wurden weder Morde noch Selbstmorde verübt; entschwebten ihre Gefühle auch manchmal gleichsam in den Himmel, so blieb doch alles andere hübsch auf der Erde. Vielleicht erschien ihnen deshalb bald so selbstverständlich, was doch gar nicht selbstverständlich war. Die Zweizimmerwohnung zum Beispiel, die sie gegen ihre ungünstig gelegenen Einpersonenbehausungen tauschen konnten, weil zwei, die auch einmal ineinander verliebt waren und geheiratet hatten, sich unbedingt wieder trennen wollten. Das würde ihnen nicht passieren, da waren sie sicher.

Es passierte ihnen auch nicht. Sollte das ein Beweis für stärkere Liebe sein? Vielleicht waren sie nur beharrlicher als andere, weniger auf Abenteuer und Abwechslung aus. Ihre Abenteuer fanden sie in der Berufsarbeit, und zu der gehörte Geduld, Zuverlässigkeit, Ausdauer, Präzision, ehe sich manchmal etwas herausstellte, das wie das Platzen einer bebrüteten Eischale wirkte oder anzeigte: abbrechen und noch einmal von vorn beginnen, anders.

Das Angebot, in der Hauptstadt des Großen Bruders zu studieren, lehnte Heinrich mit der Begründung ab, er müsse seiner kranken Mutter beistehen; dem Vorschlag, der Staatspartei beizutreten, widerstand er auch. Trotzdem räumte man ihm die Möglichkeit ein, nach dem Studium seine Dissertation mit einer Assistentenstelle an der Uni zu verbinden.

Als seine Mutter gestorben war, versuchte er zu ergründen, welche Chancen er beruflich im Westen hätte; er forcierte es nicht, wollte den Spatzen nicht aus der Hand geben, bevor ihm die Taube sicher wäre. Ohne Heinrichs Neigung, nichts zu überstürzen, wäre ihr Leben ganz anders verlaufen.

Für zwei wurden die heimlichen Erkundungen noch komplizierter, und als die Grenze an ihrer durchlässigsten Stelle plötzlich vollkommen abgedichtet wurde, nahmen sie das nach dem ersten Schrecken als eine Art Omen und beschlossen, ohne sonderliches Bedauern, zu bleiben. Entband sie dieser Entschluss doch auch von der ständigen Gefahr, wegen ihrer Fluchtpläne vor Gericht gestellt zu werden. Berthe argwöhnte unterdessen, sie hätten es ohnehin nur noch halbherzig betrieben, die Einmauerung sei ihnen deshalb ganz willkommen gewesen. Bestätigen konnte sie diese Annahme aber nur für sich selbst.

Etwas anderes wusste sie genau: In der Nacht, die auf jenen 13. August folgte, hatten sie ihre erste Tochter auf den Weg gebracht.

Sollte Heinrich in ihren immerhin zweiunddreißig Ehejahren mit anderen Frauen mehr als geflirtet haben, so hatte Berthe nichts davon gemerkt. Eigene Anwandlungen wurden seltener mit den Jahren, und sie hütete sich, ihnen nachzugeben, weil sie ihre bewährte Gemeinschaft nicht aufs Spiel setzen wollte. Nur einmal hatte es so ausgesehen, als könnte es ernst werden für sie, und es war ihr sehr schwer gefallen zu verzichten; die Angst, nicht wieder zurückzufinden, war stärker. Wenn sie dagegen, was öfter vorkam, sich nur ein bisschen verliebte, zog Heinrich sie damit auf; sie war dann lebhafter als sonst, und sie gab es auch sofort zu, wenn er fragte: »Na, wer ist es denn diesmal?« Das hatte ihrer Ehe nicht geschadet, sie eher belebt; ihre Phantasie war angeregt, und Heinrich bemühte sich, ihr seine Unübertrefflichkeit zu beweisen. Eifersüchtig hatte er sich nie gebärdet; wenn er es dennoch war, so hatte er es gut verborgen gehalten. Sie selbst war im Verbergen ihrer Gefühle nie Meister gewesen. Das mochte er aber an ihr.

Heinrich Niemen war aufrichtig, aber schweigsam. Sollte etwas zur Sprache kommen, musste Berthe den Anstoß geben. Wie oft man ihn noch zum Parteieintritt überreden wollte, erfuhr sie erst, als sie ihn einmal eher spaßhaft fragte, wann er denn nun endlich Professor werde. Überhaupt nicht, war die lapidare, aber durchaus ernst gemeinte Antwort. Die Begründung musste sie auch erst erfragen: Wer kein Genosse sein wolle, sei dieser Berufung nicht würdig. Hatte er später bereut, nicht in den Westen gegangen zu sein? Diese Frage hatte Berthe ihm nie gestellt; heute wunderte sie sich darüber. Manchem war sie ausgewichen, ohne es wahrhaben zu wollen.

Mit den Töchtern hatte Berthe immer über alles geredet, zumindest so viel, dass sie glaubte, es sei alles gewesen. Wie sich nun herausstellte, wusste sie viel zu wenig von ihrem Mann, und er hatte sie wahrscheinlich auch nicht so gut gekannt, wie sie immer angenommen hatte. Wie viel sollte man überhaupt voneinander wissen, kennen – oder lieber nur ahnen? Schade, dass sie früher so wenig darüber nachgedacht hatte. Nun konnte sie auf viele Fragen keine Antwort mehr bekommen. Hätte sie Heinrich denn gefragt, wenn er noch lebte? Ungewissheit kann beunruhigen, die Gewissheit muss aber nicht angenehmer sein; am bequemsten schien es, wenn man so tat, als gäbe es da gar nichts zu ergründen.

War Berthe nun glücklich gewesen mit ihrem Heinrich? Zufrieden? Ließ sich womöglich nur zufrieden oder gar glücklich sein, wenn ein genaues Durchforschen des andern unterblieb? Oder konnte eine Bindung auch wachsen, wenn man die Feigheit vor den unwägbaren Abgründen der Gefühle überwand und die oft nur kleinlichen Motive fürs edel drapierte Tun zugab? War es nicht gleichgültig, ob man ihre Ehe glücklich nannte oder zufriedenstellend; weder das eine noch das andere Wort drückte es zutreffend aus, obwohl beides in ihr enthalten war.

Je länger Berthe darüber nachdachte, desto stärker empfand sie ihr früheres Ausweichen als Versäumnis – was mit Heinrich unwiderruflich Versäumnis blieb.

Und wenn sie wenigstens für sich selbst versuchte, dem Vergangenen so nahe wie möglich zu kommen?

20.

Hatte Berthe gestern noch bewundert, wie das goldgelbe Laub der Ahornbäume vor einem dunkel regendräuenden Himmel leuchtete, der Asphalt wie mit Sternen von einzelnen Blättern betupft war, so hatte sich das Bild über Nacht völlig verändert: Der Himmel war leer gefegt und bilderbuchblau, nur wenige Blätter wippten noch elegant an ihren langen Stielen; die meisten hatten einem flotten Wind nicht standhalten können, und der Boden sah aus wie ein feucht glänzender gelber Teppich. Frost war angekündigt.

Noch 1988 wurden die Bäume angepflanzt, nur diesseits der Straße. In den darauf folgenden trocken-heißen Sommern hatten Berthe und ihr Mann dem Baum vor ihrem Fenster beinahe täglich einen Eimer Wasser gebracht. Nun reichte er mit seinen Spitzen bereits bis zum Stockwerk darüber.

Wenn im Frühjahr andere Bäume längst belaubt waren, ließ der Ahorn erst einmal seine lindgrünen Blütenbälle sprießen. Dafür behielt er im Herbst seine Zierde länger als die anderen. Nun konnte Berthe für ein paar Monate wieder die Kirchturmuhr sehen und das Haus gegenüber. Aber wenn Lampenlicht brannte, bot ihr der Baum keinen Blickschutz mehr.

Bereits am fordernden Klingeln erkannte Berthe: Das konnte nur Selma sein. Sie sahen sich selten, weil Selma als Abgeordnete, die ihre Aufgabe sehr ernst nahm, einen langen Arbeitstag hatte. So überraschte sie ihre Mutter manchmal, wenn sie – fast immer per Fahrrad – zufällig vorbeikam und ein Viertel- oder halbes Stündchen Zeit hatte.

Berthe verschwand in ihren Armen.

»Na, Mamilein?«

»Na, Frau Politikerin?«

Berthe staunte immer wieder, wie groß und kräftig Selma war. In der Familie hatte eine solche Statur nur Heinrichs Schwester besessen, und die wurde immer als Dragoner bezeichnet. Berthe hoffte, dass niemand ihre Tochter so nannte; Selmas Art sich durchzusetzen, war auch durchaus kräftig, wenn auch eher mit Humor als verbissen.

Während Berthe Tee aufbrühte, rieb sich Selma die Hände warm.

»Solltest vielleicht Handschuhe anziehn bei dem Wetter.«

»Danke für den mütterlichen Rat!« Das klang gutmütig spöttisch, und zu einem Grinsen verzog Selma ihr Gesicht, als sie fragte:

»Wie findest du es, dass man unsere ehemalige VP-Meldestelle überfallen hat?«

Berthe hätte sich beinahe die Hand verbrüht vor Schreck. Nach kurzem Überlegen verbot sie sich, zu lügen, sah ihre Tochter nur an.

Selma amüsierte sich weiter. Mit Pistolen hätten die beiden den alten Vau-Pe-Miezen erst mal einen kleinen Schreck eingejagt, dann aber aus den Dingern nur ein Narkosemittel versprüht. Alle Viere von sich gestreckt, hätten die dagelegen.

»Auch die kleene Stramme, – die dich behandelt hat wie eine Kriminelle, als du zum Geburtstag deiner Schwester fahren wolltest! Als ich meinen ersten Personalausweis beantragt habe, hat sie mich gemustert, als hinge es von ihr ab, ob ich den kriege.«

»Hat man die Täterinnen gefunden?«

Selma verneinte. »Vielleicht nur ein Racheakt. Die Stramme hatte doch ihre sämtlichen DDR-Orden angelegt! Völlig übergeschnappt! Vielleicht hat das die beiden Frauen gereizt.«

»Dann hat man doch nicht gleich Pistolen bei sich!«

Selma hob die Schultern. »Es ist aber auch schlimm, dass solche von früher immer noch im Amt sind, während so viele Unbescholtene keine Arbeit finden.«

»Aber Pistolen sind vielleicht auch nicht das Richtige.«

»Schadenfreude hab ich mir trotzdem nicht verkneifen können. Meine Kollegen haben auch alle darüber gelacht.«

»Wo hast du das mit den Pistolen her?« (Berthe hatte eine Art Parfumzerstäuber benutzt.)

»Aus der Zeitung.«

In denen, die Berthe gelesen hatte, war von Pistolen nicht die Rede gewesen, nicht mal in den boulevardesken. Die Phantasie ging ihre eigenen Wege.

»Und sämtliche Orden hat sie drangehabt?«

»›Held der Sozialistischen Arbeit‹ und so'n Zeug alles.«

Wer weiß, wie lange man so einer Anzeige nachging. Das Mindeste war Beamtenbeleidigung. Oder hatte man die alten Kader gar nicht in den Beamtenstand übernommen, nutzte nur für eine Übergangszeit ihre Erfahrungen mit der Bürokratie? Bis jetzt war nicht mal die Frist abgelaufen, nach der Erna ihren Ausweis abholen konnte.

Selma blies in den heißen Tee. »Magda hat sich bei mir über dich beschwert. Seit diese Erna Hubig bei dir wohnt, würdest du dich kaum noch bei ihr melden.«

Magda war eine von Berthes Freundinnen.

»Sie hätte mich doch auch mal anrufen können!«

Magda war gewöhnt, dass man sie umwarb. Das würde ihr nicht mehr auszutreiben sein. Aber Berthe vernachlässigte ihre Freundinnen, da hatte Magda schon recht. Selbst früher, als sie noch beruflich eingespannt war, hatte sie sich öfter mit ihnen getroffen.

»Hat sich noch jemand über mich beschwert?«

»Hiermit tue ich es! Ich finde, man kann sich gar nicht mehr richtig streiten mit dir. Du bist so nachsichtig geworden.«

Die Ironie, mit der Selma das Wort ›nachsichtig‹ betonte, war nicht boshaft gemeint, das wusste Berthe. Mit ihrem Erwachsenwerden hatte sich Selma diese Art ihrer Mutter gegenüber angewöhnt, um sich Abstand zu verschaffen, und Berthe ging im Allgemeinen auf die gleiche Weise darauf ein. Allmählich wäre es ihr allerdings lieber, wenn sie ohne diesen Schutzschild mit ihrer Tochter reden könnte.

»Das macht das Alter.«

Selma überging, dass da kein Spott herauszuhören war. »Kokettier nicht so mit deinen paar Jahren!«

Berthe wusste: Eingesessene Gewohnheiten in Frage stellen, verunsicherte. So schwer es den meisten Eltern fiel, die Rolle der Aufpasser abzulegen, so sehr sträubten sich Kinder dagegen, Veränderungen ihrer Eltern zu akzeptieren. Selma verstand sich sonst gut mit älteren Menschen; ihre Fähigkeit, auf andere einzugehen, versagte bei der eigenen Mutter.

21.

Nach einem längeren Telefonat mit Magda wollte Erna wissen, warum Berthe ausgerechnet mit ihr schon so lange befreundet sei. Sie fragte das in vorsichtiger Tonlage, aber dass sie es fragte, dazu mit dem Wort ›ausgerechnet‹ – unterlief es ihr nur? –, zeigte Berthe, dass Erna ähnliche Vorbehalte gegen Magda hatte wie andere ihrer Freundinnen, wenn die das auch nicht immer aussprachen. Selma und Ruth nannten Magda exzentrisch und arrogant. Berthe war überzeugt, dass Magda im Grunde unzufrieden war mit sich selbst, weshalb sie immer nach Fehlern bei anderen suchte, was die natürlich spürten.

Was Erna denn an ihr auszusetzen habe.

»Sie tut immer, als ob es sie Mühe kostet zu verbergen, dass sie etwas Besonderes ist.«

»Damit kaschiert sie doch bloß ihre Unsicherheit.«

Ernas Frage nach der Dauer ihrer Freundschaft nötigte Berthe, sie wieder mal zu verteidigen.

Magda studierte Theaterwissenschaft, als sie sich an der Uni kennen lernten. Ihre unterschiedlichen Fachrichtungen sorgten schon damals für Anziehung wie für Reibung, und nach der anfänglichen Begeisterung füreinander folgte das Entdecken der Unzulänglichkeiten, vielleicht enttäuschender als sonst üblich. Magda versuchte, vor Berthe ihren mehrjährigen Altersvorsprung auszuspielen (den sie inzwischen gern leugnen würde), die Jüngere zu behandeln wie Klein Dummchen, das noch nicht ganz trocken ist hinter den Ohren. Doch immer wieder fanden sie zueinander durch Gespräche, die sie trotz unterschiedlicher Meinungen so mit anderen nicht führen konnten. Berthe deutete alles, auch die Phantasie, biologisch, während Magda darauf beharrte, dass geistige Prozesse auf diese Art nicht zu erklären seien. Da beide aber insgeheim Zweifel an der Einseitigkeit ihres Standpunkts hatten und neugierig waren auf Argumente, die diese Zweifel stärken könnten, hörten sie einander zu, stritten sich heiß, wehrten die Gedanken der anderen ab, nahmen sie dankbar auf und lernten so, wenn auch nur allmählich, dass die These, das Leben verlaufe in Widersprüchen, auch auf sie zutraf. Berthe kannte niemanden, bei dem ihre Gefühle von Zuneigung und Wut derart häufig und heftig wechselten wie bei Magda, weshalb es immer wieder zum vorübergehenden Einander-Meiden kam. Nie aber zum völligen Bruch. Und wenn Berthe Magda brauchte, konnte sie sich darauf verlassen, dass die Freundin für sie da war.

»Wir halten aneinander fest wie ein altes streitsüchtiges Ehepaar«, sagte sie zu Erna.

Magda gab nicht gern zu, dass sie eifersüchtig war auf Berthes neue Gefährtin.

»Kannst deine Erna doch mitbringen«, sagte sie, als sie verabredeten, sich einen Film anzusehen: ›Burning Life‹. »Soll ausgesprochen witzig sein«, sagte Magda. Erna hatte keine Lust mitzukommen.

Das schmale Kinochen füllte sich, es war sehr warm. Magda und Berthe halfen sich gegenseitig beim Ausziehen der Mäntel, die sie auf ihrem Schoß behielten. Sie schienen die Ältesten unter den Zuschauern zu sein, viele hatten sich Bier- oder Cola-Dosen und tütenknisterndes Geknabber mitgebracht. Das konnte ja heiter werden.

Es wurde heiter, doch das bewirkte der Film. Der Ton war allerdings so laut gestellt, dass Berthe sich anfangs die Ohren zuhielt (manchmal dachte sie, die jungen Leute hätten sich durch Kassettenrecorder und Discoveranstaltungen bereits das Gehör verdorben), aber was sie zu sehen bekamen, war phantasievoll, aufmüpfig, hintergründig und reizte oft zu grimmigem Lachen.

Die neue, vom Geld bestimmte Ordnung stößt auf Abgewirtschaftetes, Verkommenes, in dem einige auf plumpe Weise ihren Reibach machen wollen, andere ratlos resignieren. Zwei junge Frauen, unterschiedlich motiviert, inszenieren einen Banküberfall nach dem anderen und werden nicht gefasst, weil sie von denen gedeckt werden, an die sie das erpresste Geld verteilen: die Unbemittelten. Mit einer ehemaligen sowjetischen Staatskarosse fahren sie durchs Ostländle; mit Pistölchen und einer zahmen Ratte auf der Schulter der nunmehrigen Autobesitzerin erschrecken sie die Angestellten provisorischer Bankbaracken und zwingen sie zur Herausgabe großer Summen; Fans laufen in T-Shirts mit den aufgedruckten Porträts ihrer Heldinnen herum. Immer wieder verhinderten ernste Bilder und Szenen ein unbeschwertes Lachen, bis zum Schluss überraschten nicht vorhersehbare Einfälle.

Berthe vergaß Lautstärke und drückende Luft, fühlte sich

nicht älter als das übrige Publikum. Sie sah sich mit Erna anstelle der Protagonistinnen und bedauerte, dass sie nicht mitgekommen war.

Wie sich herausstellte, wollte Magda anschließend ›noch etwas besprechen‹ mit Berthe. Sie hatte sich auch bereits überlegt, in welches Restaurant sie dazu gehen konnten.

Während sie auf das Bestellte warteten, lachte immer mal eine vor sich hin, nannte, wenn sie dem fragenden Blick der anderen begegnete, die Szene, an die sie gerade gedacht hatte, und dann überschlugen sie sich in der Beschreibung des Gesehenen. Bis Magda sagte, sie möchte Berthe um einen Rat bitten.

Zum wiederholten Male hatte sie eine Annonce aufgegeben, um einen Partner zu finden. Bislang hatte keiner, der sich gemeldet hatte, ihren Ansprüchen genügt; ab und zu hatte sie sich mit einem von ihnen ins Bett gelegt, aber auch davon war sie regelmäßig enttäuscht. Nun gefiel ihr einer ganz gut, geistig anregend, sagte Magda, und, fügte sie mundspitzend hinzu, auch im Bett nicht übel.

»Aber?«

»Er weiß nicht, wie alt ich bin.«

Ob sie denn das in der Annonce nicht angegeben habe?

Magda winkte ab. Dann würden sich nur noch welche von Achtzig an aufwärts melden, behauptete sie. »Siebzigjährige Kerle glauben, sie kriegen noch eine knusprige Junge.«

Und wie alt war der, um den es jetzt ging?

Achtundfünfzig.

Sieben Jahre Unterschied – warum sollte das ein Problem sein.

»Umgekehrt wäre es keins«, sagte Magda.

»Hast du ihn belogen?«

Magda schüttelte den Kopf. Er habe sie auf Mitte fünfzig geschätzt, da habe sie nur gelächelt.

»Dann kann er sich doch denken, dass du älter bist.«

Magda hob die Schultern. Ihr lag offenbar sehr an dem Mann. Und sie wünschte, wie manchmal in ausweglos scheinenden Situationen, andere kämen auf einen erlösenden Einfall.

Berthe überlegte. »An deiner Stelle würde ich noch ein bisschen warten, ob ihr euch weiterhin gut versteht – aber dann die Wahrheit sagen. Wenn ihm an dir liegt, wird ihn das nicht erschüttern.«

Gerade davor fürchtete sich Magda. »Und wenn er abspringt?«

»Dann war es ihm vermutlich nicht ernst genug.« Berthe wusste, das klang hart für die Freundin, aber um Illusionen zu nähren, hätte Magda sie nicht fragen müssen.

Während sie aßen, schimpfte Magda wieder auf die Kerle, die noch als Tapergreise den Kopf voller Rosinen hätten, weil sie nicht wahrhaben wollten, dass sie alt und nicht mehr begehrenswert seien.

Eine Weile hörte Berthe ihr zu, dann bemerkte sie trocken: »Wie gut, dass uns das nicht passieren kann.«

Statt zu lachen, schwieg Magda sofort, was Berthe nun wieder Leid tat. Aber Magda erholte sich schnell:

»Du scheinst ja ganz gut ohne Mann auszukommen – oder hast du heimlich einen?«

Berthe lachte.

»Juckt's dich nicht manchmal?«

»Nur noch selten«, sagte Berthe. »Und mich deswegen mit einem völlig fremden Menschen einlassen, den ganzen Abhängigkeiten, die damit verbunden sind –«

»Und?«

»Was und? Tust grad so, als könnte man das nicht auch selber erledigen.«

»Mit 'nem Mann ist es schon was anderes!«

»Gewiss doch. Aber nicht mit irgendeinem.«

Angesichts der Nöte ihrer Freundin war Berthe erleichtert,

dass es sie nicht mehr umtrieb. Heinrich war ihr vertraut gewesen, und das Vertraute hatte für sie immer dazugehört. Andere, wusste sie, reizte gerade das Unbekannte. Aber das suchte sie nicht mehr bei fremden Menschen; ihr Abenteuer hieß jetzt Selbsterkenntnis.

22.

Berthe weigerte sich, mit hinaufzugehen, als Erna ihren Ausweis abholte.

»Wenn wir zu zweit auftauchen, fällt womöglich doch jemandem die Ähnlichkeit mit den Übeltäterinnen von neulich auf.«

Sie wartete lieber auf der gegenüberliegenden Straßenseite, besah sich die im Schaufenster platzierten vollen Regalständer der großen Drogerie, die den Laden des spitz zulaufenden Hauses vor einigen Jahren bezogen hatte. Früher wurde hier Kleidung verkauft.

Eine Serie in sanftem Meergrün, eine in Rosé, eine braun gefärbte; die milden Tönungen für die weibliche Haut, die herben, dunklen Farben für die männliche. Ein Wässerchen vor, ein anderes nach der Rasur, und das kratzige Stoppelkinn wurde weich wie ein Säuglingspopo. Häufig wechselnde Reize sollten beleben, mit jeder Parfümflasche, jedem Eau-de-Cologne-Zerstäuber ein neuer Geruch. Kein leichter Dufthauch, wenn man einander näher kam, sondern eine aufdringliche Geruchsfahne, wenn jemand nur durchs Treppenhaus gegangen war. Berthe beharrte auf Nuancen, da war sie gern altmodisch.

Von der gegenüberliegenden Straßenseite schrie Erna Berthes Namen und wedelte heftig mit dem neuen Ausweis.

Berthe erstarrte. Am liebsten hätte sie getan, als kenne sie Erna nicht, aber dann hätte die sich womöglich noch auffälliger gebärdet. Die Leute, die auf den Farbwechsel der Ampel warteten, drehten sich bereits nach ihr um.

Die Straßenbahn fuhr ab, trennte ihre Blicke. Erleichtert wandte sich Berthe den Auslagen zu.

»Willst du unbedingt alle Welt darauf hinweisen, welche Besonderheit dein Ausweis ist?« Berthe sah ins Schaufenster.

»Entschuldigung!« Erna wandte ihren Rücken ebenfalls der Straße zu und steckte das ersehnte Dokument in die Tasche. »Übertreibst du nicht mit deiner Furcht?«

Berthe ärgerte sich, dass sie Erna so angefahren hatte. »Mag sein.«

»Jetzt gehn wir feiern!«, verkündete Erna.

»Aber nur, wenn du über den Anlass schweigst, bis wir wieder zu Hause sind!«

Erst jetzt fiel Berthe auf, dass Erna ihr neues Kostüm angezogen hatte, den Mantel offen darüber. Berthe verglich sie mit der Frau, die sie vor einem Jahr zum ersten Mal gesehen hatte; ohne Zwischenstadien würde sie Erna vermutlich gar nicht wieder erkennen.

»Du siehst wunderbar aus.«

Röte schimmerte sofort durch Ernas feine Haut.

»Danke.«

Wenn sie auswärts aßen, sollte es etwas sein, was sie selbst nicht kochten. Berthe schlug ein Restaurant mit libanesischer Küche vor; Nüsse, Spinat, wenig Fleisch. Es lag in einer Seitenstraße des Ku'damms. Weit weg also von der Gefahrenstelle Einwohnermeldeamt.

Erna vibrierte. Es kostete sie Mühe, den Grund ihrer Freude nicht allen, denen sie begegnete, mitzuteilen, aber sie strahlte derart, dass sie die Blicke auch so auf sich zog.

Auf dem Weg vom Savignyplatz zum Restaurant, in einer wenig belebten Straße, weitab von Leuten, die ungewöhnliches Benehmen mit einem Ausweis in Verbindung brächten, drehte sich Erna mit ausgestreckten Armen wie beim Tanz und stieß einen Juchzer aus.

»Jetzt bin ich endlich auch ein Mensch!« Atemlos umarmte sie Berthe mitten auf der Straße, auf der gerade kein Auto kam.

Die Wände des Lokals waren weiß gestrichen und mit Bildern von verschiedenen Künstlern behängt. Auf den Tischen weiße Decken, weiße Stoffservietten. Der Flügel wurde erst am Abend bespielt.

»Sekt?«, fragte Erna.

Berthe machte sich nichts aus diesem Getränk. Erna bestellte Rotwein.

Statt eines Likörs gab es hier zur Begrüßung für den Gast einen Teller mit rohem Gemüse, Salatblättern und Zitronenscheiben.

Mit Wonne schnurpsten sie Mohrrübe, Gurke, Paprika, nur mit etwas Salz bestreut und Zitronensaft beträufelt. Schon als Kind hatte Berthe gern rohes Gemüse gegessen. Unser kleines Karnickel, hatte ihr Vater gesagt.

Sie stießen an. »Auf dein Menschsein!«

Noch nie hatte Berthe Erna so angeregt und gelöst zugleich gesehen. Erna bedauerte nur, dass sie dieses Ereignis nicht auch mit ihrem Freund feiern konnte; bis jetzt hatte sie ihm ihre ominöse Herkunft tapfer verschwiegen. Wie alle, die die Wahrheit umgingen, hoffte sie, es käme nicht heraus. Ließe es sich doch nicht mehr verheimlichen, meinte sie, würde sich zeigen, wie stark sein Vertrauen zu ihr war. Jan Erikson war Soziologe von Beruf und weder religiös noch irgendwelchen esoterischen Phänomenen zugeneigt. Vielleicht würde er es für übersteigerte Phantasie halten, an Ernas psychischer Gesundheit zweifeln, das wäre wohl die einfachste Begründung für ihn.

»Erzfromme Leute finde ich schrecklich«, meinte Erna, »aber

wenn einer nur anerkennt, was als bewiesen gilt, ist das auch nicht angenehm für mich.«

Irgendwann würde Erna mit diesem Mann zusammenleben wollen, daran zweifelte Berthe nicht. Dann wäre sie wieder allein. Wollte sie das nicht? Ach, warum gerade heute daran denken. Heute war Feiertag. Ab jetzt wurde das Leben leichter für Erna. Für Berthe aber auch.

»Was willst du nun als Erstes machen?«

»Eine Arbeit suchen, bei der ich kranken- und rentenversichert bin und Geld bekomme, wenn ich arbeitslos werde.«

Erna schaute in ihre Handtasche, besah sich entzückt den Nachweis ihrer irdischen Existenz, ohne ihn herauszunehmen; für andere konnte es so aussehen, als betrachtete sie sich in einem Spiegel. »Nun kann ich auch ein Bankkonto einrichten«, sagte sie stolz. Rasch schloss sie die Tasche, weil der Kellner mit dem Bestellten nahte.

Diese Handtasche hatte Erna auch bei sich, als Berthe sie damals auf der Straße ansprach. Sie war ein Geschenk ihres letzten Brotherrn, eines Arztes, mit dem Erna ihre einzige große Liebe erlebt hatte. Die Tasche stammte aus Italien, sie war aus feinem grauen Leder und besaß einen ziselierten Silberbügel mit zwei kleinen silbernen Kugeln in der Mitte, die als Verschluss dienten – eine Kostbarkeit, damals wie heute.

»Denkst du noch oft an deinen Herrn Ferdinand?«

Erna nickte versonnen, warf einen Blick auf die Tasche. ›Mein Herr Ferdinand‹, sagte sie immer, wenn sie von ihrem Liebsten ›zu meiner Zeit‹ sprach. Bisher hatte sie nur sehr allgemein von diesem Arzt gesprochen. Dass seine Frau bereits sehr krank war, als sie in seinen Haushalt kam. Nach einer üblen Herrschaft, die Erna behandelt hatte wie ein Nutztier, dem man grad so viel zu fressen gab, dass es arbeiten konnte. Dass der Herr Ferdinand verzweifelt war, als seine Medizinkünste nicht ausreichten, um Erna vom Sterben abzuhalten. Aber wie sich das alles abgespielt hatte, darüber hatte Erna bis jetzt geschwiegen.

»Wie sieht eigentlich dein Erikson aus?«

Erna sah Berthe erstaunt an.

»Gut. Aber nicht auffällig. Weder besonders groß, noch klein, schlank, er trägt eine Brille und hat kurz geschnittenes grau meliertes Haar. Hübsche Hände hat er. Du musst ihn mal kennen lernen.«

»Und wie sah dein Herr Ferdinand aus?«

Erna lächelte in sich hinein. »Schön«, sagte sie. Sie korrigierte sich aber gleich: »Nicht so, wie du vielleicht denkst, schöner Mann, glatt, nix dahinter, ein Frauenheld. Trotzdem – schön. Mit einem schönen Bart, nicht mit so 'nem nackten Kinn wie heutzutage die Männer.«

Der Mann gefiel Erna sofort. Es war das erste Mal, dass nicht die Frau des Hauses mit ihr sprach, wenn es darum ging, ob sie eingestellt würde. Der Mann reichte ihr seine Hand; das war nicht üblich im Umgang mit Dienstboten. Dabei sah er ihr aufmerksam in die Augen, was Erna verwirrte, weil sie so etwas nur als Vertraulichkeit kannte oder als dreist. Beides kam hier nicht in Frage, das spürte sie.

Nachdem er Erna erklärt hatte, sie müsse nicht nur den Haushalt in Ordnung halten, sondern auch seine kranke Frau versorgen, fragte er, ob Erna lesen und schreiben könne. Die Frau war, wie sich herausstellte, teilweise gelähmt. Sie konnte zwar hören, aber kaum sprechen; ihre Hände waren noch beweglich, so schrieb sie das meiste, was sie mitteilen wollte, auf. (In Berthes Gesundheitslexikon hatte Erna herausgefunden, die Frau hatte wahrscheinlich an multipler Sklerose gelitten, und Erna wunderte sich, dass es gegen diese Krankheit einhundertzwanzig Jahre danach immer noch kein Heilmittel gab.) Der Lohn, den der Doktor Erna bot, war doppelt so hoch wie allgemein üblich, was sie eher einschüchterte; nach dem tödlichen Unfall ihres Ehemanns hatte sie fast ausschließlich mit Leuten zu tun gehabt, die ihre Lage ausnutzten.

Als alles so weit besprochen war, führte er Erna zu seiner Frau; ohne deren Zustimmung, das werde sie verstehen, möchte er sie nicht einstellen. Er redete mit Erna, als wäre sie seinesgleichen.

Solange die Frau nur dalag und sie ansah, während ihr Mann sprach, war Erna angetan von ihr, ja gerührt. Als sie jedoch zu sprechen versuchte, was eher nach Tierlauten klang und ihr Gesicht schauderhaft verzerrte, spürte Erna Beklemmung. Gleich darauf änderte sich ihre Empfindung wieder: Das Gesicht der Frau beruhigte sich, und ihre Augen leuchteten, bevor sie auf die Schiefertafel, die ihr Mann ihr reichte, eine Frage schrieb, auf die er nicht gekommen war; nach dem Hinweis, Frau Hubig sei Witwe, wollte die Frau wissen, ob Erna Kinder habe. Erna antwortete, ihr Sohn sei bei den Großeltern untergebracht. Nun konnte sie verfolgen, wie das Ehepaar – selbst kinderlos durch die Krankheit der Frau – mit der Sprache des Mannes, unverständlichen Lauten und quietschendem Schiefertafelgekritzel der Frau einander verständigte, dass Erna ihren Jungen doch zu sich nehmen, herholen könne. Erna mochte es kaum glauben. Die neue Herrin nickte ihr so liebevoll zu, dass Erna Tränen in die Augen drangen.

»Wir haben doch genügend Platz«, sagte der Mann, als er Erna die Wohnung zeigte. Dass die Ehebetten getrennt in verschiedenen Zimmern standen, fiel ihr gleich auf. Sie musste auch nicht mit der Kammer hinter der Küche vorlieb nehmen, sondern bekam ein richtiges, wenn auch schmales Zimmer, in dem außer dem Bett eine Kommode, ein Schrank, ein Tisch und zwei Stühle standen. Ihr Sohn könne nebenan schlafen. Es war das Gästezimmer. Erna fragte nach dem Lohnabzug für die Verpflegung ihres

Kindes. Der Mann winkte ab. War sie im Himmel gelandet, oder tarnte sich so die Hölle? So viel Glück sollte sie haben?

Das nicht geahnte ganz andere Glücksempfinden wurde – beeinträchtigt oder geschmälert mochte es Erna nicht nennen, als sie Berthe davon erzählte; nachdrücklich suchte sie nach Worten, um den Zwiespalt, in dem sie sich befunden hatte, genauer zu bezeichnen: Die Heimlichkeit, das von schlechtem Gewissen begleitete Harmlosspiel der kranken Frau gegenüber, die Ungewissheit, ob sie nicht längst mitbekommen hatte, was Ehemann und Pflegerin miteinander trieben, sie es nur wegen ihrer Hilflosigkeit duldete, vielleicht nicht ahnend, dass es weit mehr war als die Befriedigung körperlicher Bedürfnisse, die einem Mann stets zugebilligt wurden, die sie als Ehefrau aber schon lange nicht mehr stillen konnte.

Manchmal wäre es Erna lieber gewesen, sie hätte von der Frau Abwehr zu spüren bekommen, Hass, der sie ihr unsympathisch gemacht hätte; diese gleich bleibende freundliche Duldsamkeit mehrte ihre Schuldgefühle, die sich mit vernünftigen Begründungen allein nicht beschwichtigen ließen. Sie hatte sogar den Verdacht, dass alle Widrigkeiten die Leidenschaft ihrer nächtlichen Umarmungen steigerten; nicht nur er gestand ihr, nie vorher so heftig empfunden zu haben (und er war kein Aufschneider, der ihr nur schmeicheln wollte); Erna war derart überrascht und überwältigt von der Kraft ihres Begehrens, die sie manchmal alle Vorsicht, alles außerhalb ihrer scheinbar unauflöslichen Zusammengehörigkeit vergessen ließ, dass sie zeitweilig fürchtete, keine normale Frau zu sein. Alles, was sie bis dahin von solch überschießenden Empfindungen gehört und gelesen hatte, bezog sich auf Männer; die durften dabei ›den Verstand verlieren‹ und Dinge tun, deren jede Frau sich zu schämen hätte. Erna schämte sich nicht einmal. Sie hielt sich eben nur, wie das bei allem ist, was sorgsam geheim gehalten wird, für eine Ausnahme, worauf man damals keineswegs stolz sein durfte. Zuweilen fürchtete Erna sogar, eine Art Hexe zu sein, wie man sie früher verbrannt hatte, wie ihr anfangs auch die Frau vorgekommen war, wenn sie sich zu sprechen bemühte und dabei so hässlich aussah.

Aber was Erna mit ihrem Herrn Ferdinand tat, war nicht hässlich, sondern schön. So schön wie nichts sonst in ihrem ganzen Leben.

23.

Magda rief diesmal von sich aus an. Wollte sie Berthe etwas über ihren neuen Freund erzählen?

Sie hatte das Buch einer Ärztin zur Überalterung der Gesellschaft gelesen.

»Schlägt die doch vor, die Leute ab einem bestimmten Alter von den Wahlen auszuschließen – zu Deutsch: Ab fünfundsechzig wirst du für unmündig erklärt! Als ob man alle über einen Kamm scheren könnte!«

»Das kannst du bei Jugendlichen auch nicht. Trotzdem ist der Beginn des Wahlalters einheitlich festgesetzt.«

»Fändest du das etwa richtig?«

»Was heißt richtig – verständlich. Wir werden zu alt.«

»Zu teuer werden wir denen. Als ob wir keine Sozialversicherungsbeiträge gezahlt hätten!«

»Nicht genug, um das steigende Lebensalter zu finanzieren.«

»Du redest, als würdest du befürworten, dass sie uns die Renten beschneiden wollen. Die Würde des Alters – haha! Soll ich vielleicht demnächst ein schlechtes Gewissen kriegen, weil ich noch lebe?«

»Hast du Vorschläge, wie man es ändern könnte? Die medizinische Forschung orientiert sich auf weitere Lebensverlängerung«, sagte Berthe. »Na, deine Lösungsvorschläge überstürzen sich?«

»Ich muss doch nicht die Arbeit der Politiker machen!«

»Ich schlage vor, mit siebzig müssen alle Selbstmord begehen.«

»Spritze und aus? Verbrennen und die Asche ins Meer kippen, damit wir keinen Platz auf dem Friedhof verschwenden?«

»Spartanisch von einer Klippe ins Meer springen. Grüppchenweise, Händchen in Händchen. Alles unter Aufsicht, damit keiner womöglich wieder an Land schwimmt.«

»Politiker natürlich ausgenommen«, sagte Magda.

»Natürlich. Aber die werden sowieso nichts beschließen, was nach Zwang aussieht, schließlich leben wir in einem freiheitlichen Rechtsstaat. Ab siebzig wird einfach keine Rente mehr gezahlt. Wer das Längerleben nicht finanzieren kann, wird sich schon überlegen, ob sich ein krampfhaftes Zappeln noch lohnt. Sozialhilfe gibt's ab siebzig auch nicht mehr.«

»›Weil du arm bist –‹«

»Genau. Ich hab noch eine Idee«, sagte Berthe. »Die ›Gesellschaft für Humanes Sterben‹ wird eine staatliche Einrichtung, und wer günstige Selbsttötungsarten erfindet, kriegt Rentenverlängerung.«

»Eine Phantasie hast du –«

24.

Das war doch Erna, die dort vorm Schaufenster auf eine Auslage zeigte und lachte! Dann musste der Mann neben ihr Jan Erikson sein. Trotz Ernas Beschreibung hatte sich Berthe ihn größer vorgestellt.

Ohne sich verstecken zu wollen, blieb sie stehen, um die beiden zu beobachten. Aber es änderte sich nicht viel: Erna redete, gestikulierte; er nickte nur und sah sie an, entzückt, wie es Berthe schien. Ungern gestand sie sich ein, dass sie sich den Mann etwas markanter gedacht hatte. Erna hatte eben einen anderen Geschmack.

Er hakte sich bei Erna unter, sie kamen auf Berthe zu, die gespannt wartete, wann die plaudernde Erna sie entdecken würde: Keine zwei Meter vor ihr, sie musste als erstes Berthes Schuhe und Mantel erkannt haben, rief Erna überrascht Berthes Namen aus.

Herr Erikson war ja ein ganz Höflicher; er stellte sich mit einer tiefen Verbeugung vor.

Jetzt müssten sie aber unbedingt einen Kaffee zusammen trinken.

Ernas Freund legte Wert darauf, Berthe beim Mantelausziehen behilflich zu sein, wobei er mit der anderen Hand nach Ernas Jacke griff.

»Das hätte ich auch allein gekonnt!« Ernas Bemerkung klang spöttisch.

»Du weißt doch«, erwiderte er, als müsse er sich entschuldigen. Seine Stimme klang halb so laut wie die von Erna, er war aber trotzdem gut zu verstehen.

Er überließ Erna die Auswahl des Tisches, auch des Gebäcks (»Wenn du es aussuchst, schmeckt es bestimmt!«).

Während Erna am Kuchenbüfett stand, erzählte er Berthe von seiner Tochter, die Musikerin werden wollte, Flötistin. »Aber erst muss sie noch ihr Abitur machen. In den meisten Fächern hat sie ausgezeichnete Noten. Danach wird sie nach Köln gehen, ans Konservatorium. Die Aufnahmeprüfung hat sie bereits bestanden – mit Bravour.«

Berthe hatte immer zurückhaltend über die Leistungen ihrer Töchter geredet. Hätte es ihnen besser getan, wenn sie sie mehr gelobt hätte?

»Jetzt lebt ihre Tochter noch bei Ihnen?« Das wusste sie doch bereits von Erna. Aber Herr Erikson gab gern Auskunft. Als ob ich die künftige Schwiegermutter wäre und er mir Rechenschaft geben müsste, dachte Berthe.

Sie erinnerte sich an Heinrichs ersten Besuch bei ihrer Mutter, die den Freund ihrer Tochter anfangs skeptisch betrachtet hatte, weil er sich so gnadenlos gegen alles Militärische aussprach; Berthe hatte ihm nicht gesagt, dass ihre Mutter aus einer preußischen Offiziersfamilie stammte und die Ansicht vertrat, ohne eindeutige Hierarchien komme es unweigerlich zu Anarchie. Der junge Mann, den ihre Tochter heiraten wollte, war ihr vermutlich wie ein Chaot vorgekommen.

Herr Erikson war kein Chaot. Herr Erikson könnte für besorgte Schwiegermütter eine Beruhigung sein. Gerade küsste er Erna die Hand, liebevoll und doch ein wenig förmlich. Erna lächelte so, dass Berthe nicht wusste, ob sie sich darüber lustig machte oder ob es ihr gefiel. Ihr Blick zu Berthe war von leichtem Schulterheben begleitet; diese Wesensart ihres Liebhabers hatte sie bisher verschwiegen.

»Vorhin habe ich mich mal wieder über die Verrenkungen der Schaufensterpuppen amüsiert. So was Unnatürliches!« Erna versuchte die Haltung nachzuahmen, verdrehte ihre Arme, spreizte die Finger. Am Nachbartisch wandte man sich nach ihr um.

Herr Erikson sah unsicher zu Berthe, ob ihr das unangenehm wäre.

»Eigentlich sind wir in die Stadt gegangen, um einen Computer für mich zu kaufen.«

»Auf dem Schaufensterbummel habe ich bestanden«, sagte Erna.

Berthe fragte Erikson, was er von der ganzen Technisierung halte, Internet und so.

Er sah sie erstaunt an. Plötzlich wirkte er selbstbewusst und erfahren auf Berthe. »Für meine Arbeit ist das eine große Erleichterung. Internationale Daten stehen mir auf Abruf zur Verfügung.« Erikson war Sozialwissenschaftler.

»Berthe ist immer skeptisch, wenn es um technische Neuerungen geht«, sagte Erna. »Sie glaubt, die Menschen verlieren dadurch den Kontakt zueinander.«

»Aber nein!« Erikson griff nach Ernas Hand. »Das ist jedenfalls nicht automatisch die Konsequenz.«

Berthe kannte solche Gespräche mit Erna. Sie kam sich dann immer so altmodisch vor.

»Jeden Tag benutzt du ganz selbstverständlich den Farbfernseher, vom Wasserklo ganz zu schweigen.«

Diese Beispiele kannte Berthe schon.

»Die Bankcard gab es auch noch nicht, als deine Kinder geboren wurden.«

Berthe musste lächeln, weil sie daran dachte, wie stolz ihr Erna nach der Kontoeröffnung ihre erste Bankcard gezeigt hatte.

»Was meinst du, was im vorigen Jahrhundert die Erfindung der Eisenbahn für die Leute bedeutet hat – Teufelszeug war das für viele!«

Berthe wurde hellhörig.

»Stell dir vor, ein kleines Mädchen fährt mit seiner Tante zum ersten Mal nach Berlin. Sie kommen vom Land, und die Tante hat etwas Wichtiges in der Großstadt zu erledigen.«

Beinahe hätte Berthe Erna verständnisinnig zugeblinzelt.

»Der Kutscher spannt die Pferde an, um die beiden zur nächstliegenden Bahnstation zu fahren. Die Tante hat wahrscheinlich Angst, das Mädchen natürlich auch, aber es ist ebenso neugierig. Dem Kutscher ist das egal, er muss ja nicht mit dieser Bahn fahren.

Als das Ungeheuer naht, klammert sich das Kind an die Tante, das Herz schlägt bis in die Haarwurzeln. Unwillkürlich treten sie ein Stück zurück, weil es wegen einer Biegung der Schienen so aussieht, als ob die Lokomotive sie geradewegs überfahren wollte. Sie schnauft wie der Großvater nach einer Stunde Holzhacken und zischt beim Bremsen mit ihrem Höllendampf, dass das Kind sich die Ohren zuhält. Ohne den Kutscher wären sie vielleicht gar nicht eingestiegen; der schiebt die Tante regelrecht die Perronstufen hinauf und hebt das Kind hinterher. Das Mädchen darf sich ans Fenster setzen, und die Angst schwindet allmählich, weil es so viel zu sehen gibt. An das Schnaufen gewöhnen sie sich, das Zischen kennen sie bereits, und nichts Schlimmes passiert. Eigentlich ist die große Stadt viel aufregender, für die Tante aber nicht neu. Die Rückfahrt am Abend erledigen sie schon mit gespielter Selbstverständlichkeit, die Tante beruhigt sogar eine alte Frau, die zum ersten Mal einsteigt. Daheim angekommen, prahlt das Kind mit der ungeheuren Fahrtgeschwindigkeit. Heute fährst du mit dem ICE.«

»Sie erzählt solche Geschichten immer so anschaulich«, sagte Herr Erikson, der Erna währenddessen bewundernd angesehen hatte. »Finden Sie nicht auch?«

»Als ob sie es selbst erlebt hätte«, sagte Berthe.

Als sie sich voneinander verabschiedet hatten – Erikson hatte darauf bestanden, die Rechnung zu begleichen und Berthe natürlich auch wieder in den Mantel geholfen –, überlegte Berthe, ob es ihr lieber gewesen wäre, wenn Heinrich sich zu ihr ähnlich verhalten hätte wie Jan Erikson zu Erna.

Ein einziges Mal hatte Berthe von ihrem Mann das Bekenntnis seiner Liebe zu hören bekommen; als wäre er zu weit gegangen, war er danach besonders zurückhaltend mit seinen Zärtlichkeiten. Als sie sich später einmal darüber beklagte, er sage ihr nie, dass – oder ob – er sie liebe, antwortete er verwundert, sonst würde er doch nicht bei ihr bleiben! Er verhielt sich ja auch nie gleichgültig; aus kleinen Gesten, Hilfen, Sich-sofort-auf-ihre-Seite-Stellen, wenn sie angegriffen wurde; daraus, dass er ihr nicht auswich, sie nicht abwehrte oder gar zurückzuckte, wenn sie ihn berührte, was Berthe bei anderen Paaren schon beobachtet hatte, konnte sie schließen, wie er sie mochte. Sie war auch nicht unglücklich deswegen. Ein wenig fehlte ihr aber diese offene Zuneigung, die sie bei Jüngeren häufig beobachten konnte. Längst wusste sie, dass viele Frauen unter der mangelnden Zärtlichkeit ihrer Männer litten, sich, wenn einer kam, der darin anders war, sogar scheiden ließen. Nein, gelitten hatte Berthe nicht darunter, doch zuweilen hatte sie die einhüllende, beruhigende Wärme vermisst, die Heinrich irgendwo in sich verschlossen hielt. In gewisser Weise hatte er damit dem Ideal ihrer Mutter entsprochen, die später geradezu für ihn schwärmte: gefühlsbeherrscht, verantwortungsbewusst, hilfsbereit. So hatte sich Berthe im Laufe der Zeit ein ähnliches Verhalten angewöhnt, wohl auch ihren Töchtern gegenüber. Selma hatte so etwas jedenfalls einmal angedeutet. Berthe wusste nicht, ob sie sich damit einen Teil ihrer Empfindungsfähigkeit abgeschnitten hatte. Aber hatte es sie nicht auch vor unnötigen Leiden geschützt? Frauen neigten eben noch immer dazu, sich nach ihren Männern zu richten, besonders wenn sie jung waren und verliebt. Die männlichen preußischen Normen waren noch längst nicht ausgestorben. Das militärische Reglement verbot Berthes Vater noch, in Uniform einen Kinderwagen zu schieben; das Militär lehnte Heinrich ab, doch die öffentliche Meinung, was einen Mann ziere und womit er sich lächerlich mache, ließ sich nicht so schnell ablegen. Ihre Freundin Magda drückte es einmal so aus: Männer streicheln doch eher ihren Hund als ihre Frau. Berthe wusste nicht recht, ob sie das als übertrieben zurückweisen sollte; unwahr konnte sie es aber auch nicht nennen.

Darüber brauchte Erna sich jedenfalls nicht zu beklagen.

25.

Sein Lebensende ertrug Heinrich Niemen auch mit Beherrschung. Berthe fragte sich, ob es nur die Rücksicht auf seine Angehörigen war, oder ob es ihm auch das Leiden erleichterte, wenn er sich nicht gehen ließ. Vermutlich konnte er gar nicht anders. Seine Antworten auf die Frage, wie es ihm gehe, waren konkret, nie klagend, seine Bitten schienen immer darauf bedacht, nichts Unnötiges zu verlangen, die ihn Pflegenden nicht zu überfordern. Die Belastungen, Querelen, ja der Hass, von dem viele berichteten, wenn sich die Kranken auf einmal verhielten, als wären sie Kinder, quengelnd, nörgelnd, keine Ruhe gebend, waren Berthe erspart geblieben. Die Zeit, in der Heinrich auf ihre Hilfe angewiesen war, hatte allerdings nicht länger als ein Vierteljahr gedauert.

Nur einmal – Berthe dachte mit schmerzlicher Scham daran; es war eine Woche, bevor er starb, und Berthe säuberte mit einem feuchten Lappen den kleinen Tisch, der neben seinem Bett stand, hob Arzneifläschchen, den Wecker, das Buch an, Canettis ›Die gerettete Zunge‹, woraus sie ihm vorlas, seit er es nicht mehr halten konnte und ihm ohne Brille, die ihn beschwerte, die Buchstaben verschwammen –, da spürte sie zuerst nur, dass er sie auf ungewöhnliche Weise ansah. Unsicher geworden, wischte sie noch ein bisschen weiter, bevor sie wagte, ihn anzusehen: Sein in den letzten Wochen immer schmaler, immer blasser gewordenes Gesicht hatte auf einmal etwas völlig Wehrloses, Bittendes, was sie verwirrte, weil sie ihn so nie gesehen hatte. War es die Angst zu versagen, die sie verkrampfte? Statt auf ihn einzugehen, ihn zum Sprechen zu bewegen, sah sie ihn nur starr an und fragte ihn schließlich: »Hast du was?«

Sein Gesicht nahm wieder den Ausdruck an, den sie kannte. Sie wischte noch ein bisschen herum und ging dann aus dem Zimmer, ohne ihn noch einmal anzusehen.

In der Nacht konnte sie nicht schlafen, weil sie immerzu überlegte, wie sie den Faden noch einmal aufnehmen, Heinrich dazu bringen konnte, ihr zu sagen, was er ihr offenbar hatte sagen wollen. Aber gleichzeitig wusste sie, sie hatte etwas Einmaliges zerstört.

Dieser Gedanke quälte sie lange, und noch länger dauerte es, ehe sie sich überwand und versuchte, sich in seine Lage zu versetzen, in diesen Augenblick bitterster Enttäuschung, den sie ihm bereitet hatte. Da konnte sie endlich weinen, aber dieses Weinen erleichterte sie nicht.

26.

Wenn Berthes Enkel nicht schnell genug gelang, was er erreichen wollte, fluchte er, stampfte mit dem Fuß auf, schmiss auch schon mal den Gegenstand seines Unmuts zu Boden. Seine Eltern schalten ihn dann und schickten ihn in sein Zimmer; sobald er sich beruhigt hatte, durfte er zurückkommen. Beherrschte Felix eine Sache einigermaßen, konnte er sich in aller Ruhe und für lange Zeit damit beschäftigen; ungeduldig wurde er nur, wenn er sich und den anderen beweisen wollte, dass auch ihm gelänge, was Erfahrenere ihm vorführten. Ruth, seine Mutter, hatte ihren Leistungsdrang eher still mit sich abgemacht. Trotzdem war der Junge ihr sehr ähnlich, nicht nur des länglichen Gesichts wegen, das Ruth wiederum von ihrem Vater geerbt hatte. Vielleicht deshalb fühlte sich Berthe ihrem Enkel besonders nahe.

Bei vielen Pädagogen galt der Ehrgeiz noch immer als Tugend; er spornte Schüler wie Studenten zu besseren Leistungen an, und das war für die Lehrenden bequemer und ehrenvoller als die Zeugnisse Mittelmäßiger. Berthe, der übermäßiger Ehrgeiz erspart geblieben war, erkannte ihn an ihrem Enkel als Mangel. Zu sein wie die anderen, genügte dem Jungen nicht, er konnte sich nur selbst anerkennen, wenn er mit besonderen Taten herausragte. Gelang ihm das nicht, war er so verzweifelt, dass er sich durch körperliche Ausbrüche Erleichterung verschaffen musste. Ob Ausdauer oder Ungeduld, das war abhängig von der Zufriedenheit mit sich selbst.

Zum wiederholten Male war Felix bei seiner Großmutter, um mit ihr zu ›experimentieren‹; schon das Wort imponierte ihm. Gleich beim ersten Mal hatte ihm Berthe gesagt, wie langwierig Versuche sein konnten, und dass Geduld für einen Wissenschaftler ebenso wichtig sei wie die Neugier. Beeindruckt von dieser Warnung führte der Junge ohne Hast in der von seiner Großmutter genannten Reihenfolge die Messungen und Mischungen aus, erstaunlich genau, geschickt mit seinen kindlichen Fingern; betont ruhig fragte er nach, wenn er etwas nicht verstanden hatte, wog ab, schüttelte, schaute, wartete konzentriert und ein wenig fiebrig auf angezeigte Veränderungen und freute sich unverhohlen, wenn das Vorhergesagte eintraf. In der abgeschirmten, gleichsam verschworenen Gemeinschaft mit der Großmutter inszenierte und erkundete er Metamorphosen unscheinbarer Substanzen, Flüssigkeiten, die in ihrem ursprünglichen Zustand nicht aufregender aussahen als gewöhnliche Essenzutaten wie Wasser, Salz, Öl, getrocknete Gewürze, die er von nun an aber auch mit veränderter Neugier betrachtete. Jedem, der eine Mahlzeit zubereitete – seine Mutter war für Gebackenes und Salate zuständig, sein Vater kochte lieber –, sah er interessiert zu, und wenn er sich Formeln gemerkt hatte, wenn er wusste, wann und warum sich der Zustand eines Stoffs änderte, kommentierte er das entsprechend. Denn, so hatte ihm Berthe gesagt, das Erfinden und Herstellen künstlichen Materials sei ähnlich dem Erfinden von Essenrezepten und ihrer Zubereitung.

Berthe musste zwar Acht geben, dass Felix alles vorschriftsmäßig machte, aber je länger sie beobachtete, mit welcher Akribie er vorging, desto eher löste sich ihr Blick vom Gegenstand, ging auf den Jungen, dachte sie an Heinrich, seinen Großvater. Die dichten dunklen Haare, die Brille, die Felix bereits seit seiner Einschulung tragen musste (Heinrich hatte sie erst als Sechzehnjähriger bekommen), und merkwürdigerweise auch die Art, wie er manchmal, wenn er gespannt wartete, mit seinem Zeigefinger den Nasenflügel rieb, was Berthe von Ruth nicht kannte; alles ließ ihr den Enkel wie ein zurückgespultes Leben ihres Mannes erscheinen, in eine Zeit, in der sie Heinrich noch gar nicht gekannt hatte. Bis in welches Alter würde sie Felix erleben? Diese nicht endenden Wiederholungen, niemals völlig gleich, aber längst nicht so viel anders als jeder von seinen Vorfahren sich abzuheben meinte und sich doch ebenso, gewünscht oder geleugnet, aufgehoben fühlte in der Reihe der großen und kleinen Verwandtschaften.

Gern hätte Berthe dem Jungen übers Haar gestreichelt, aber das hätte jetzt nur gestört; gebannt sah er auf die gelbgrünen Kristalle, die bereits nach dem Hinzufügen weniger Tropfen Flüssigkeit sanft zischend gelbe Blasen nach oben schickten, was sich beim Nachtropfen verstärkte, sodass die Bläschenmasse fast bis an den Rand des Reagenzglases stieg.

»Hör jetzt auf!«, sagte Berthe.

Sofort stellte Felix die Flasche mit der Flüssigkeit ab. Nie versuchte er sich ihren Anordnungen zu widersetzen, vermutlich, weil er deren Notwendigkeit einsah und Berthes überlegenes Wissen anerkannte, ohne sich deshalb wertlos zu fühlen.

Hexenküche, Teufelslabor. Die meisten Kinder waren anfangs von den Vorgängen fasziniert, die nicht, wie etwa das Wetter, ohne ihren Einfluss geschahen und die sie bereits gewöhnt waren, sondern die sie selbst hervorrufen konnten. Bei fast allen Kindern aber schrumpfte das Interesse bald, weil ihnen Ruhe und Geduld fehlten, um auch gerinfügige Änderungen zu beachten,

Millimeter und Milligramm ihnen zu bedeutungslos erschienen; sie erfreuten sich am Geknatter und Geknalle von Silvesterraketen, ergötzten sich, immer weniger furchtsam, an scharfzahnigen Filmmonstern, ahnend, dass ihnen das Fingerspitzengefühl, das auch zur Herstellung drastischer Erscheinungen notwendig war, abging; das überließen sie lieber anderen.

Felix' Neugier nahm eher zu; jedes Mal, wenn Berthe auf dem Abendbrot bestand, war er enttäuscht, dass die zauberische Inszenierung schon zu Ende sein sollte, und er verlangte von seiner Großmutter die baldige Fortsetzung. Vielleicht würde er einen naturwissenschaftlichen Beruf wählen, und vielleicht würde das Berthe noch erleben; in zehn Jahren müssten die Weichen gestellt sein, und nach weiteren zehn – da wäre Berthe bereits über Achtzig – hätte sich gezeigt, ob er auf diesem Gebiet zu Ungewöhnlichem taugte, zu herausragenden Entdeckungen womöglich.

Holte sie der Ehrgeiz, von dem sie im Wesentlichen bei sich verschont geblieben war, nun etwa bei ihrem Enkel ein? Stolz auf Hervorragendes, weil es Genen entsprungen war, die sich auf die eigenen zurückführen ließen? Sei ruhig, Junge, du bleibst mir genauso lieb und nahe, wenn du durchschnittlich bist.

Nun streichelte ihm Berthe doch übers Haar, zog ihn an sich, aber Felix' Gedanken waren noch mit dem beschäftigt, was er eben abbrechen musste, sodass er kaum nachgab, Berthe nicht entgegenkam.

27.

Nach der unvermittelten Entlassung aus ihrem Beruf war sich Berthe eine quälend gedehnte Zeit überflüssig vorgekommen. Das bloße Leben galt nichts, es musste legitimiert werden durch Arbeit. Nur da sein, sich gar freuen daran, schien obszön.

Berthe war nicht die Einzige, die gehen musste; nach und nach wurde das ganze Institut aufgelöst. Wenig tröstend, dass ein paar Jüngere Arbeit woanders fanden. Berthe gehörte zu den Ältesten.

Der letzte Arbeitstag. Warum noch aufräumen? Nach ihr würde hier niemand mehr arbeiten. Alles *ordentlich hinterlassen*, das war eingedrungen in Berthe; wäre das Gebäude anschließend abgerissen worden, hätte sie die von ihr benutzten Räume vermutlich auch noch in einen *manierlichen Zustand* gebracht.

Einen Teil ihrer Unterlagen, ihrer Aufzeichnungen konnte sie mitnehmen, die jedenfalls, die sie mit einem Ergebnis abgeschlossen hatte, das unter ihrem Namen beim Patentamt eingetragen war. Wohin die anderen Sachen kamen, konnte ihr niemand sagen. Oder wollten sie die Scheidenden nur damit verschonen, dass alles zum Müll geworfen wurde, bestenfalls zur Altstoffverwertung, Glas und Papier gesondert?

Ihre Laborantin hatte schon vor ein paar Monaten gehen müssen; seither hatte Berthe deren Arbeit mit übernommen. Was taugten schon die Fähigkeiten einer Siebenundfünfzigjährigen, in diesem Alter schwanden bereits die Kräfte. Das *Dynamische* war gefragt; Erfahrung und Zuverlässigkeit rutschten nach unten auf der Bewertungsskala für Brauchbarkeit.

Die Laborwände hätten längst neu geweißt werden müssen. Solange Berthe hier gearbeitet hatte, auf Tischen, in Schränken, Regalen, war ihr die schleichende Verschmutzung der Wände nie aufgefallen. Nun, da alles leer war, gereinigt und eingeräumt, sah sie ernüchtert den ganzen Raum.

Das Zimmer, in dem ihr Schreibtisch stand, hatten sie tapeziert, das war gar nicht lange her. Trotzdem verrieten angegraute Vierecke, wo Bilder gehangen hatten; Graphiken eines Berliner Künstlers, scheinbar reale Abbildungen von Alltagsgegenständen, die durch ihre hintergründige Zusammenstellung etwas Skurriles hatten und im vergangenen Staatswesen einen aufmüpfigen Witz besaßen. Berthe wollte sie im Zimmer, das bis vor kurzem Selmas war, aufhängen. Die Grünpflanzen hätte sie gern verschenkt, doch wer hier noch für kurze Zeit blieb, mochte sich nicht damit belasten. Heinrich wollte Berthe mit dem Auto abholen; die Kakteen und Grünlilien konnten sie in den Kofferraum stellen, aber den Philodendron, der in diesem lichtreichen Raum so satt gediehen und hoch gewachsen war, müssten sie vorn unterbringen.

Berthe zog noch einmal alle Schubfächer heraus, stellte sich auf einen Stuhl, um das Hutfach des Schranks überblicken zu können: leer. Sie versagte sich das Auswischen. Die Arbeit war getan. In einer Dreiviertelstunde würde Heinrich kommen. Von den wenigen Kollegen hatte sie sich bereits verabschiedet.

Vorzeitiger Ruhestand im Abwicklungsverfahren. Über ein Vierteljahrhundert hatte sie hier gearbeitet, an den Wochentagen ein Drittel der Tageszeit, manchmal auch länger. Nun würde sie nicht mehr hierher kommen. Nie mehr. Und dieses Niemehr würde es immer öfter geben. Bisher hatte sie nur den Spruch gekannt: Alles geschieht irgendwann zum ersten Mal im Leben. Nun war sie in einem Alter angelangt, in dem sie besser sagte: Alles geschieht irgendwann zum letzten Mal.

Früher hatte sie – besonders morgens, wenn sie aufstehen musste – manchmal den Zeitpunkt ersehnt, an dem sie nicht mehr in dieses Regelwerk eingespannt sein würde; jetzt, da es soweit war, fühlte sie sich elend. Ihr Hirn hatte es noch nicht begriffen, nutzlos wollte es rebellieren. Nutzlos.

Berthe ahnte, dass sie etwas gegen dieses Gefühl tun musste; was, wusste sie noch nicht.

28.

Am liebsten hätte Erna Philosophie, Psychologie und Soziologie zugleich studiert. Sie war gierig auf Wissen, auf Bildung, nach Menschen und Gesprächen mit ihnen. Sinnlichkeit verlieh ihr Unruhe und Kraft; leben, leben, alles nachholen, was ihr ›zu meiner Zeit‹ nicht vergönnt gewesen war.

»Ruinier dich nicht«, warnte Berthe. »Die Zeit ist dir sicher – nicht die Gesundheit!«

Maß halten fiel Erna schwer. Aus der unsicher und vorsichtig alles ihr Neue Bestaunenden war eine Frau geworden, die von Denklust besessen war, die vor Ein- und Ausdruckswonne so vibrierte, dass sie, wo sie auch hinkam, die Aufmerksamkeit auf sich zog. Immer öfter wurde sie zum Mittelpunkt, was ihr gar nicht recht war, weil sie, wie sie sagte, als unauffällige Beobachterin viel mehr erführe. Sie vermied jeglichen Aufputz, doch ihre unstillbare Neugier auf alles machte alle neugierig auf sie.

Ihre Lebenslegende beherrschte Erna inzwischen so gut, dass sie manchmal nicht mehr sicher war, wann und wie sie denn in der Vergangenheit gelebt hatte; ihre Phantasie hatte die erfundene Geschichte derart bebildert und sich einverleibt, dass sie keine Lüge mehr war. Warum sollte sie nicht in diesem Jahrhundert geboren sein, acht Jahre nach Kriegsende, in Berlin. Ihre Mutter war nach einer Nottrauung Witwe geworden, Kriegerwitwe; das Kind von ihrem Ehemann hatte sie durch die vielen Erschütterungen fehlgeboren und wollte das zweite, von einem amerikanischen Besatzungssoldaten, behalten, obwohl sie annehmen musste, dass der Vater eines Tages unauffindbar wieder verschwinden würde. Einer weniger, den du nachweisen musst, war Berthes Argument.

Erna hatte ihr zweites Leben aufgeschrieben, damit sich keine Varianten in ihrem Kopf bildeten, von denen sie am Ende nicht mehr kontrollieren könnte, welche festgelegt war. Dass ihre Mutter inzwischen nicht mehr lebte, stand auch fest; keine Geschwister, keine anderen Verwandten – und wo hatte Erna ihr Leben verbracht, dass Nachweise glaubhaft verloren gegangen waren? Über den östlichen Landesteil konnte Berthe gründlicher Auskunft geben, ein Verschwinden sämtlicher Unterlagen wäre bei der peniblen Überwachung in diesem Staat aber unwahrscheinlich. So entschieden sich Berthe und Erna für ein Hin und Her zwischen beiden verfeindeten Lagern; Ernas Mutter hatte für sich als allein stehende Frau mit einem Kind bessere Möglichkeiten im Osten gesehen, wo sie in einem Sonderstudium Bekleidungsingenieurin werden konnte. Wegen politischer Querelen war sie dann noch vor Ernas Abitur mit der Tochter wieder in den Westen gegangen – geflohen; eine schaurige Geschichte, die Erna trotz ausreichend veröffentlichter Vorbilder mit der Bemerkung abblockte, daran denke sie nicht gern. Danach in Köln, eine Stadt, über die Berthe Details mitteilen konnte, weil ihre Schwester dort lebte. Die Rückkehr in die DDR wagte Erna ohne ihre Mutter, die mit einem Mann nach Italien zog, wo sie 1984 starb; eine Urkunde über ihren Tod hatte die Tochter später vergeblich angefordert.

Zu heiraten hatte Erna stets abgelehnt, zumal sie nach einer Abtreibung in Holland nicht mehr schwanger wurde (nur Gynäkologen konnte sie das nicht weismachen, aber Ärzte waren ja zum Schweigen verpflichtet). Der *volkseigene* Betrieb (VEB), in dem sie als Chemielaborantin gearbeitet hatte, wurde gleich nach dem politischen Umbruch als überaltert und damit als unrentabel eingestuft und aufgelöst, *abgewickelt*. So war niemand mehr aufzufinden, der Beweise für Ernas Tätigkeit herausgegeben oder ausgestellt hätte. Untergegangen im Chaos; wichtig für die Behörden. Für private Begegnungen, für Erikson etwa, dachte sich Erna Geschichten aus und schrieb sie auf; Berthe korrigierte sie und lobte Ernas realistische Phantasie. So viele Ereignisse wie andere Leute aus ihrem Leben parat hatten, um sich darzustellen, waren es allemal.

Erna wollte studieren und gleichzeitig ihren Unterhalt verdienen, verbunden mit all den Absicherungen für Zeiten, da ihre Energie nachließe oder nicht gebraucht würde. So lernte sie das Geflecht von Anträgen, Kontrollen und Genehmigungen kennen, ohne das eine auch nur annähernd gerechte soziale Sicherung der Bürger nach Meinung der Behördenverwalter nicht möglich war; Ernas Vorstellung, mit dem Besitz des Personalausweises sei sie allen anderen, die gegen Entgelt arbeiteten, gleichgestellt, musste sie als naiv erkennen. Mit diesem plastikverschweißten Kärtchen konnte sie zwar ohne weiteres ein Bankkonto eröffnen, doch bereits bei der Rentenversicherung wurde sie gefragt, wo sie denn vorher eingezahlt habe.

Erna fühlte sich überrumpelt. »Ist das so wichtig?«

»Für Ihre spätere Rente schon.«

Erna sah die junge freundliche Frau an, überlegte. »Gar nicht«, sagte sie mutig.

Der Blick der jungen Frau wurde aufmerksamer. »Haben Sie denn nicht –« Sie sah auf das, was sie bis jetzt über diese Frau Hubig notiert hatte. »Verheiratet sind Sie doch auch nicht.«

Erna bestätigte es.

»Sie müssen doch in der DDR von etwas gelebt haben –«

Ernas Hirn schaltete in angestrengter Eile. »Meine Unterlagen sind alle verbrannt.« Diese Aussage würde Folgen haben, das war ihr klar.

»Ein Wohnungsbrand?«

Erna nickte.

»Haben Sie das Ihrer Haushaltsversicherung gemeldet?«

»Ich war nicht versichert.«

Die Beamtin musste sich offenbar eine Bemerkung über den

Leichtsinn der Antragstellerin verkneifen. »Aber der Polizei ist es bekannt?«

Erna überlegte wieder, rief sich ins Gedächtnis, was Berthe ihr über DDR-Gepflogenheiten erzählt hatte. Dass sie der jungen Frau, die sie anfangs so unbefangen und freundlich behandelt hatte, nicht mehr geheuer war, ließ sich wohl kaum noch ändern.

»Ja, natürlich«, sagte sie und wusste, nun war mit Berthes Hilfe das Finden eines Hauses fällig, in dem es gebrannt hatte.

»Aber ob die Unterlagen dort noch existieren –« Erna hob die Schultern, gab ihrer Miene ein überlegen-skeptisches Aussehen.

Die Beamtin entschloss sich zu einem strengeren Ton, was Erna trotz ihrer unangenehmen Lage lächerlich fand. »Darum sollten Sie sich aber schnellstens bemühen. Sonst können wir Ihre Anteile später nicht auf die Rente anrechnen.«

Erna war froh, als sie aus diesem Zimmer war. Hörte es denn nie auf mit der Lügerei? Da wurde die Phantasie doch arg strapaziert.

Ihrem Liebsten erzählte Erna die Geschichte so:

Nach mehrjährigem vergeblichen Bemühen hatte sie ein Konzertabonnement im wiederhergestellten Schauspielhaus am Gendarmenmarkt ergattert. Wie sie erfuhr, hatte Heinrich Niemen keine Lust mehr gehabt, zu festgesetzten Terminen Musik zu hören, die er sich nicht aussuchen konnte. Berthe behielt ihr Abonnement, und so lernten sich die beiden Frauen kennen. Darüber hinaus stellten sie fest, dass sie den gleichen Heimweg hatten, Erna nur am anderen Ende der Straße wohnte.

Schon von weitem sahen sie Wagen der Feuerwehr und Rettungsautos, eine ungewöhnliche Anzahl.

»Es wird doch hoffentlich nicht Ihr Haus sein«, sagte Berthe, als sie sich verabschiedeten.

Erna lachte kurz, soweit man angesichts des Unglücks anderer lachen kann; der Gedanke, bei ihr könnte es gebrannt haben, erschien ihr absurd.

Je näher sie kam, desto mehr Einsatzwagen sah sie, Polizei nun auch. Kopfschüttelnd dachte sie, wer weiß, ob da nicht wieder einer im Bett geraucht hatte und eingeschlafen war –

Erst kurz vorher erkannte sie, dass zwei Feuerwehrschläuche in ihren Hausflur führten. Mieter sahen aus den Fenstern, standen neben der Haustür, sahen Erna merkwürdig an, sagten aber nichts, hielten sie auch nicht zurück.

Die Schläuche führten zum Quergebäude. Aus Ernas rußgeschwärzten Fensterhöhlen qualmte es noch. (Inzwischen war das Haus abgerissen.) Zu retten gab es da nichts mehr. Im Keller unter ihrer Parterrewohnung hatten sich – oder hatte jemand; aufgeklärt wurde das nie – die Kohlen entzündet. Ob sie es rechtzeitig bemerkt hätte, wäre sie zu Hause gewesen, war nicht sicher, zumal sie sich manchmal sehr früh schlafen legte.

»Dann wärst du womöglich erstickt!«, sagte Jan Erikson und zog Erna fest an sich.

Was war dagegen schon der Verlust sämtlicher Habe, aller Urkunden –

29.

Die verbreiteten Vorstellungen von einem Leben nach dem Tod konnte Berthe nicht teilen. Der Gedanke ans Sterben war dennoch mit Abschied verbunden – war Abschiednehmen nicht für die Zeit danach bestimmt, da man das vermisste, wovon man sich trennen musste? Berthe war doch überzeugt, dass sie dann gar nichts mehr spüren würde, also auch gar nichts vermissen könnte. Merkwürdigerweise waren es auch nicht so sehr die Menschen, deren künftiger Verlust sie betrübte, sondern alles andere, das sie umgab und das sie liebte: den Jahreszeitenwechsel etwa (nie hätte sie im fortwährend sommernden Kalifornien leben mögen) und so vieles, was Menschen geschaffen hatten. Wehmütig fiel Berthe beim Wiederlesen von Pablo Nerudas ›Buch der Abenddämmerungen‹ ein, dass es für sie in absehbarer Zeit zu Ende sein würde mit dem Lesenkönnen solcher Gedichte. Warum war sie so traurig darüber, wenn sie doch dann schon tot war? Stellte sie sich vielleicht unwillkürlich vor, blind zu sein, taub womöglich; keine Bilder sehen, keine Musik mehr hören können, alles im Bewusstsein des Verlusts dieser Möglichkeiten? Ach, dieses eingeschränkte Vorstellungsvermögen, nichts reichte über das bereits Gesehene, Erfahrene, Geträumte hinaus.

Über dem Spiegel im Bad hatte Heinrich eine gnadenlos helle Beleuchtung angebracht; nur ein getrübter Blick verwischte die Schatten. Berthe setzte ihre Brille auf.

Die einstmals rosigen, zart unterspeckten Wangen wiesen jetzt eine leichte Wölbung nach innen auf; die deutlichsten Falten zogen sich von den Nasenflügeln etwas schräg bis in Mundhöhe, setzten sich weiter innen von den Mundwinkeln abwärts fort, strichelartig, schwächer werdend bis zum Kinn, das, früher in einem glatten Bogen verlaufend, nun gleichsam dreigeteilt war. Die Querfalten der Stirn kannte sie seit langem, sie hatten sich kaum verändert, nur die steilen, zwischen den Augenbrauen beginnenden waren tiefer geworden. Auch die bräunlichen Flecken auf Händen und Unterarmen mehrten sich unaufhaltsam, und wenn Berthe die Hand nicht gerade zur Faust schloss, schob sich die Haut haltlos zusammen. Ihre Oberarme, die ihr immer ein bisschen zu füllig vorgekommen waren, fand sie jetzt eher vorteilhaft. Jüngst hatte sie eine ältere, sehr schlanke Schauspielerin in einem ärmellosen antiken Gewand auf der Bühne gesehen; die entfleischten Arme kamen ihr bemitleidenswert dürftig vor. Noch war Berthe einige Jahre jünger als diese Frau; starb sie nicht vorher, würde auch ihre Haut immer weiter austrocknen wie Blätter, die sich vom Baum gelöst hatten. Für die Jungen war sie schon jetzt, wenn schon keine Greisin, so doch eine alte Frau. Frühling konnte sie nur noch außerhalb von sich erleben, der Sommer war nun auch vorüber. Für den war jetzt Erna zuständig.

Im Herbst hob Berthe gern die frisch gefallenen, wunderbar rötlich braun glänzenden Kastanien auf und legte sie zu Hause in eine Schale. Manchmal nahm sie eine Kastanie in die Hand, weil sie sich so angenehm anfühlte, betrachtete die schöne Maserung um den hellen, weißlich überzogenen Fleck herum. Doch bald begannen sie zu schrumpfen, der Glanz verschwand, das Braun wurde stumpf; Berthe warf sie in den Mülleimer. Früher hatten sie die mit den Kindern gesammelten Herbstfrüchte zum Tierpark gebracht, als Futter.

Wenn Berthe nach ihrem Tod verbrannt wurde, würden ihre Fleischreste nicht einmal die Erde nähren. Aber auf den Friedhöfen war es eng geworden, und eine Urne nahm viel weniger Platz in Anspruch als ein Sarg.

30.

Abend für Abend blieb es dunkel bei den jungen Leuten, die übereck nebenan wohnten. Am Wochenende war das öfter so, aber auch am Dienstag, Mittwoch, am Donnerstag? Wahrscheinlich verreist. Vielleicht der Kälte entflohen für eine Woche. Berthe drehte ihre Heizung weiter auf. Doch die fehlende Wärme vom Nachbarraum war nicht nur eine der Zimmertemperatur.

Wenn die jungen Leute am Montag wieder arbeiteten, müssten spätestens Sonntagabend die Fenster hell sein.

Sie wurden nicht hell. Waren die Leute womöglich ausgezogen, sie hatte es nur nicht bemerkt? Dann stünde noch eine Wohnung leer. Berthe fror. Sie kannte die Leute doch gar nicht, was rührte sie also ihr Auszug? Die einen starben, die anderen zogen weg – so alt war Berthe nun auch wieder nicht, dass sie einsam die Stellung halten wollte, während ringsum alles Vertraute verschwand, unter der Erde oder darüber.

»Sieh doch mal tagsüber nach, ob die Grünpflanzen noch im Fenster stehn!«, riet Erna. Aber das vergaß Berthe; erst abends, wenn sie ins Dunkel sah, fiel es ihr wieder ein.

Ein großer alter PKW hielt mit geöffnetem Kofferraum vorm Seitenflügel; junge Leute luden einen Fernseher, Lampen und Kartons in das Auto. Waren es womöglich Berthes Nachbarn, die auszogen? Sie wusste ja nicht einmal mehr, wer alles in diesem Aufgang wohnte. Im Quergebäude war abends nur noch in zwei Etagen Licht zu sehen; die Eheleute zwei Stockwerke über Berthe suchten nach einer anderen Wohnung, weil ihnen im Alter das Treppensteigen zu viel wurde; die Malerin, die ihr Atelier im Dachgeschoss hatte, musste es wegen der bevorstehenden Mieterhöhung aufgeben. Wer blieb dann noch, der Berthe vertraut war? Und würde sie bleiben können, auch wenn sie bereit war, den größten Teil ihrer Rente dafür zu zahlen? Seit mehr als zwanzig Jahren war diese Wohnung Berthes Zuhause. Und die Menschen? Wenn niemand außer ihr blieb, wäre sie für die neu Eingezogenen die alte Frau aus der ersten Etage. Oder einfach die Alte da unten –

Ein Stofffetzen an überragenden Teilen befestigt, verschwand das Auto langsam durch den Hausflur. Für die nächste Ladung standen bereits Möbel auf dem Hof. Als Berthe hier einzog, war über der Haustür noch ein Schild befestigt: ›Durchfahrt verboten!‹ Irgendwann entdeckte sie, man hatte es entfernt. Niemand nahm nun mehr Rücksicht darauf, dass über dem Hausflur Wohnräume lagen.

Am Abend darauf sah Berthe beim Zuziehen der Küchenvorhänge gelbwarmes Licht in den Nachbarfenstern. Die Grünpflanzen standen auch noch da. Wer mochte sie gegossen haben in den beiden Wochen?

31.

»Warum leben Frauen eigentlich länger als Männer?«, fragte Erna.

»Wahrscheinlich, weil wir nicht so einseitig auf den Beruf fixiert sind. Schon durch Kinder müssen wir uns immer wieder umstellen, das hält lebendig. Männer beziehen ihr Selbstbewusstsein hauptsächlich aus Beruf und Geldverdienen, und wenn das vorbei ist, kommen sie sich überflüssig vor. Das tötet.«

»Warst du nicht auch ganz unglücklich, als du aufhören musstest in deinem Beruf?«

Berthe versuchte sich an die Lähmung zu erinnern, an das Mechanische ihres Tuns, als sie erkannt hatte, es wäre sinnlos, sich dagegen aufzulehnen.

Für Heinrich war zu dieser Zeit an der Uni noch nichts entschieden. Je nach Gerüchten und eigener Stimmung wechselten für ihn Hoffnung und Furcht einander ab. Berthes Entlassung bedauerte er, aber er war viel zu sehr mit sich beschäftigt, als dass er versucht hätte, sich wirklich in ihre Lage zu versetzen. Vielleicht war das auch die Abwehr des Gedankens, selbst bald in einer ähnlichen Situation zu sein. Ein bisschen nahm sie ihm übel, dass er ihr abruptes berufliches Ende mit dem Hinweis zu beschwichtigen suchte, sie sei doch nicht die Einzige, und sie müsse auch nicht gehen, weil man ihre Arbeit nicht schätze, sondern weil sie – unverschuldetes Pech – an einem Institut gearbeitet habe, das nun unters Verdikt der neuen Ordnung falle. Das klang vernünftig; trösten konnte es wenig. So zog sich Berthe in sich zurück, was er gar nicht zu bemerken schien. Das war sicher bequem für ihn; durch ihr Schweigen brauchte er sich nicht weiter damit zu beschäftigen. Natürlich hatte er Recht, wenn er sie darauf hinwies, dass die Auflösung ihres Instituts keine persönliche Kränkung war, auch wenn nur die Jüngeren ein Unterkommen woanders fanden. Aber richteten sich Gefühle nach der Vernunft? Brauchte nicht jeder Mensch wenigstens einen anderen, der, ohne nach Sinn und Logik zu fragen, einfach den Kummer ernst nahm? Wozu waren sie so lange verheiratet? Er versuchte ihr das Gekränktsein auszureden und kränkte sie, indem er ihre Gefühle missachtete.

Erst später erkannte sie, dass die Art, wie er aus der Universität gedrängt wurde, ungleich verletzender war. Hatte er anfangs geglaubt, nach dem Wegfall der Gründe, die ihn von einer Professur ausgeschlossen hatten, würde ihm die nun zuerkannt, musste er sich stattdessen, wie alle Professoren und Dozenten, von dem pauschalen Verdacht reinigen lassen, den früheren Staatshütern zugearbeitet zu haben. Das Schreiben, man freue sich, ihm mitteilen zu können, dass man in den Unterlagen nichts Derartiges gefunden habe, empfand er als Beleidigung. Danach begannen Gespräche mit Fachkollegen, die meisten von ihnen aus dem Westen, die nun beurteilen sollten, wer gehen musste, wer bleiben durfte. Da meinte er immer wieder herauszuhören, er sei doch schon ziemlich alt. Ihm wie anderen langjährigen Kollegen wurden Angebote gemacht, durch die sie sich gedemütigt fühlten; sie wurden ›heruntergestuft‹, zeitlich begrenzte Verträge wurden ihnen angeboten, nach deren Beendigung sie sich jeweils neu bewerben sollten. Das lehnte Heinrich ab, da ging er lieber. Darauf hatte man es ja abgesehen. Zu der Erkenntnis, dem Schmerz, endgültig aus dem geliebten Beruf ausgeschlossen zu sein, kam nun noch die Wut, es ihnen zu leicht gemacht zu haben. Nur seine Studenten zeigten ihm ihr Bedauern, als er ging. Das tröstete ein wenig.

Tage- und wochenlang war Heinrich beinahe unbeweglich. Um

sich vor seiner Familie – wahrscheinlich auch um der eigenen Selbstachtung willen – nicht gehen zu lassen, stand er zur gewohnten Zeit auf, was ihm offensichtlich schwer fiel, frühstückte mäßig und genusslos und verschwand in seinem Zimmer, als hätte er zu arbeiten. Angebote zu irgendwelchen Unternehmungen lehnte er ab, begründete es jeweils so, dass Berthe wusste, Überredungsversuche würden nichts daran ändern. Er saß an seinem Schreibtisch, vor sich ein aufgeschlagenes Buch oder eine Fachzeitschrift; manchmal stellte Berthe fest, dass er von einem zum anderen Tag nicht mal weitergeblättert hatte. Auch aus dem Fenster blickend überraschte sie ihn; vermutlich sah er gar nicht, was da unten vor sich ging.

An seiner Lethargie wurde Berthe die eigene Mutlosigkeit erst so recht deutlich. Manchmal sah sie sich und ihn wie in einem Theaterstück, und da sah sie keine Tragödie, sondern eine Farce: zwei alternde Leutchen, die mit hängenden Mundwinkeln, den trüben Blick auf Nabel und Füße gerichtet, unentwegt im Kreis herumschlurften. Millionen Menschen auf der Welt verhungerten, waren obdachlos, ertranken bei Überschwemmungen, während sie in dickem Leid versanken, weil sie nicht mehr tagein, tagaus zur Arbeit gehen durften! Gleichzeitig wusste Berthe, dass auch das keine gerechte Beurteilung war; ob man etwas als Katastrophe empfand oder bloß als Unannehmlichkeit, war abhängig von der Umgebung und den Gepflogenheiten, in denen man lebte.

Berthe begann darüber nachzudenken, wie sie künftig leben könnten, ohne sich überflüssig vorzukommen. Sehr schnell verbannte sie das Wort ›Rest‹ aus diesem Zusammenhang; ›Rest des Lebens‹, das klang nach Neige, nach Geringfügigkeit, nach übrig Gelassenem, noch nicht ganz Aufgezehrtem. Womöglich hatten sie noch ein Viertel, gar ein Drittel ihres Lebens vor sich, das durften sie nicht in leichtfertiger Passivität verspielen. War nicht bereits das Nachdenken über Sinn oder Un-Sinn ihres bisherigen

Tuns, das Eingeständnis, bislang zu wenig in Frage gestellt zu haben, etwas Neues für sie? Dieses gedankliche Vorgehen hatte sie immer nur auf wissenschaftliche Untersuchungen angewandt; das ständige Überprüfen, Fragen, Ändern war die Voraussetzung fürs Weiterkommen. Am Sinn ihrer Tätigkeit hatte sie jedoch nie gezweifelt, hatte aber auch nie darüber nachgedacht, was das bedeutete: Sinn. Vermutlich hatte sie es mit dem Zweck verwechselt, und das hatte wieder zu tun mit dem Nutzen, der vielleicht eine Verbindung war zwischen Zweck und Sinn. Im öffentlich geschürten Bewusstsein hatte einen Nutzen nur, was man für andere tat, und das in einer sichtbaren, abrechenbaren Weise. Konnte es nicht auch sinnvoll sein, etwas nur für sich zu tun – vorausgesetzt, man schadete anderen nicht damit? Dann wäre es in einer leisen Art, wenn auch schwer nachweisbar, wieder für andere nützlich; wer sich wohl fühlte, strahlte das auch auf andere aus, und wie vieles gelang einem besser mit Freundlichkeit und guter Laune!

Berthe hatte mehrere Ideen, wie sie sich politisch-sozial engagieren könnten, stieß aber, wenn sie es nur andeutete, bei Heinrich auf strikte Ablehnung. So überlegte sie, sich etwas ohne ihn zu suchen, fürchtete dann aber, er könnte sich im Stich gelassen fühlen und sich umso mehr zurückziehen. Sein Zustand verbot ihr, ohne Rücksicht auf ihn etwas zu unternehmen; es wäre ihr vorgekommen, als wollte sie ihn für seine Tatenlosigkeit bestrafen. Oder würde er, ihre Aktivität vor Augen, sich aufraffen und mittun? Das ließ sich nicht vorhersehen, deshalb wollte sie auf jeden Fall versuchen, ihn zu beteiligen, und das hieß, ihn erst einmal davon zu überzeugen, dass es auch ihm gut tun würde.

Die Töchter ließen sich kaum noch sehen. Später sagten sie, die düstere Stimmung sei ja nicht auszuhalten gewesen, sie habe auch ihnen aufs Gemüt gedrückt. Einmal beschwerte sich der Vater bei Berthe über diese, wie er meinte, Gleichgültigkeit. Berthe sah darin eine erste Auflehnung und schöpfte Hoffnung.

Wenige Tage später bat Heinrich Ruth um einen Untersuchungstermin. Berthe, die das kurze Telefonat mitbekam, wagte nicht, ihn nach dem Anlass zu fragen. Sie ahnte, dass es keine Geringfügigkeit war, aber sie sagte sich auch: wenigstens ein Schritt hinaus.

Ein Dreivierteljahr später lebte Heinrich nicht mehr.

32.

Ihre Tochter Selma sah Berthe neuerdings öfter; sie hatte sich mit Erna angefreundet. Wenn sie wollte, hatte Selma also doch mehr Zeit. Berthe verkniff sich Bemerkungen darüber, die Erkenntnis tat nicht einmal weh.

Die beiden hockten meist ohne sie zusammen, lachten manchmal, recht albern, wie Berthe fand. Andermal sahen sie wieder tiefernst aus, wenn Berthe dazukam. Aber regelmäßig brachen sie dann das Gespräch ab. Allmählich wurde Berthe misstrauisch. Sie fühlte sich ausgeschlossen. In der Hoffnung, die beiden würden es bemerken, zog sie sich zurück, wenn sie sich trafen.

Vergebens. Berthe sah ein, dass Gekränktsein nur ihr schadete, und sie nahm sich vor, Erna zur Rede zu stellen. Mehrere Tage schob sie es vor sich her, bis sie keine Ausrede mehr fand.

Sie saßen beim Abendbrot, Berthe füllte sich Salat in ihr Schüsselchen. Sie sah Erna nicht an, als sie fragte:

»Habt ihr was vor, wovon ich nichts wissen soll?«

Erna schien überrascht: »Wer?«

»Du und Selma.«

Jetzt wurde Erna verlegen. Das hatte Berthe schon lange nicht mehr an ihr erlebt. »Das hab ich ihr doch gleich gesagt. Aber Selma meinte, das macht dir sicher nichts aus.«

»Typisch meine Tochter. Aber dich habe ich immer als Freundin betrachtet.«

Erna schwieg. Deshalb sagte Berthe nach einer Weile betont sachlich: »Wahrscheinlich bin ich zu alt für euch.«

Dass Berthe den Schluss dieses Satzes wie als Frage hängenließ, konnte Erna kaum noch hören, so schnell und bestimmt sagte sie: »Quatsch! Die Idee stammt aber von Selma, deshalb möchte ich nicht darüber reden, ohne vorher mit ihr gesprochen zu haben.«

Selma begrüßte ihre Mutter wie sonst, als die ihr die Tür öffnete. Berthe fand, dass ihre Tochter weicher aussah als sonst, nicht mehr so abgehetzt wie zu Beginn ihrer Arbeit als Abgeordnete. Frisch und jung wirkte sie. Als hätte sie sich verliebt. Nie hatte Berthe Selma nach ihrem Liebesleben gefragt, und Selma hatte ihr nie etwas davon erzählt. Vielleicht erfuhr Erna etwas darüber?

»Ich gehe einkaufen«, sagte Berthe. »Soll ich euch was mitbringen?«

Ein fröhliches Nein war die Antwort.

Kaum hatte Berthe bei der Rückkehr die Korridortür aufgeschlossen, kam ihr Selma auch schon mit geöffneten Armen entgegen: »Muutterr!«

»Nimm mir lieber die Taschen ab!«

Trotz des Überschwangs, den Berthe als schlechtes Gewissen deutete, hatte Selma keine Hemmungen zu begründen, warum sie ihre Mutter nicht einbezogen hatte: »Du fandest doch meine Ansichten über Ökologie immer übertrieben!«

Damit hatte sie Berthes empfindlichen Punkt getroffen. »Ich habe gedacht, du wüsstest, dass ich meine Ansichten darüber geändert habe.«

»Davon habe ich bis jetzt nicht viel gemerkt.«

»Du machst es einem aber auch schwer!«

Vermutlich wartete Erna in ihrem Zimmer auf den Ausgang des Gesprächs.

»Wir möchten in einem Wohngebiet hier in der Nähe die Leute dazu bringen, umweltschädlichen Abfall zu vermeiden.« Selma musste spüren, dass ihre Mutter sie gespannt ansah. »Wenn du mitmachen möchtest –«

Berthe hörte ihren eigenen Atem. »Wenn ihr mich gebrauchen könnt –«

Es ging um einen Text, der die Leute von der Notwendigkeit des Anliegens überzeugen sollte, obwohl ihnen ständig bunte Werbezettel aufgedrängt wurden; in den Briefkästen lagen immerzu alle möglichen Lockangebote oder Spendenaufrufe, und sie hatten sich wegen Überfütterung angewöhnt, das meiste ungelesen im nächsten Abfallbehälter verschwinden zu lassen. Das Wichtigste war also: Wie brachte man sie dazu, den Aufruf erst einmal zu lesen?

Erna hatte sich das umfangreiche Buch eines Werbepsychologen aus der Bibliothek geholt. Von den Methoden, die in dieser Branche angewendet wurden, war sie ebenso fasziniert wie abgestoßen, meinte aber, sie wären dumm, wenn sie diese Erkenntnisse nicht nutzten. HUNDE – WOLLT IHR EWIG LEBEN?! war ihr Vorschlag für den Beginn des Textes.

Berthe wollte den Kopf schütteln, sah aber erst zu ihrer Tochter. Sie war unsicher, worauf sich die beiden bisher geeinigt hatten, und sie wollte nicht als Störenfried gelten. Aber Selma fragte: »Was soll das?«

Berthe fand ihren Ton ziemlich rüde.

»Das ist ein Literaturzitat!«, verteidigte sich Erna.

»Na und? Glaubst du, das interessiert die Leute?«

»Sie stutzen, werden neugierig und lesen weiter.«

»Oder schmeißen es gleich empört in den Papierkorb!«

Berthe, die sich auch einen Anfangssatz überlegt hatte, der die Leute provozieren sollte, genoss erst einmal still, dass ihre Tochter und Erna sich nicht einigen konnten. Als sie offenbar nicht weiter wussten, fragte Berthe, wie es denn damit sei: WÄREN SIE IMSTANDE, IHRE KINDER UMZUBRINGEN?

Gespannt wartete sie vor allem auf Selmas Urteil.

Die überlegte. »Das wäre es schon eher.«

»Und was soll daran besser sein?«, fragte Erna.

»Hab dich nicht so zickig!«

Berthe liebte diesen Umgangston eigentlich nicht, aber es beruhigte sie, dass Selma keineswegs zartfühlender mit Erna umging als mit ihr. Vermutlich zog sie gar nicht in Erwägung, dass sie jemanden kränken könnte, wenn sie dessen Formulierung ablehnte. Was sie vorhatten, war eine politische Aktion, bei der private Empfindlichkeit nichts zu suchen hatte. Berthe erfuhr, dass Selma bei dieser Sache offiziell gar nicht in Erscheinung treten durfte, weil es sonst als ein Projekt des Senats gegolten und dessen Zustimmung bedurft hätte, und die wäre nicht nur umständlich, sondern wahrscheinlich überhaupt nicht zu erreichen. Es war schon ganz gut, wenn Berthe mittat, so blieben mögliche Schwierigkeiten nicht nur an Erna hängen.

33.

Selten hatte Berthe so deutlich geträumt, dass sie es am Morgen ohne Stocken erzählen konnte.

Alle waren schon gestorben; sie ist die Letzte in einer Welt, die nur noch ein riesiger grauer Friedhof ist, auf dem sie sich nun selbst begraben muss.

Tags wie nachts herrscht Düsternis. Die Sonne war wohl auch

gestorben. Weder Rasen noch anderes Grün gibt es mehr, geschweige denn Blumen, nicht mal eine steife Thujahecke, die frühere Friedhöfe eingezäunt hatte. In einer Entfernung, die es Berthe gerade noch erkennen lässt, liegen ein paar pompöse Kränze, vertrocknet, die Grußbänder zerknittert und wie alles andere mit einem aschigen Staub bedeckt.

Aus Teilen des Barockschranks, der im Flur stand, hatte sie sich ein Behältnis zusammengenagelt und -geschraubt. Immer wieder musste sie etwas korrigieren, weil es sich ganz leicht verschob, abermals neue Löcher bohren, weil die Teile schief aufeinander saßen. Als Deckel bestimmte sie eine der Schranktüren, die sie mit Scharnieren an einer Seitenwand befestigte, was so schwierig war, dass am Fußende schließlich doch ein Spalt klaffte. Ihre Hände hatten sich wund gerieben bei der ungewohnten Arbeit, fürs Grabausheben hatte sie sich deshalb dicke Handschuhe übergezogen.

Mühsam schaufelt sie eine Grube aus. Immer weniger nimmt sie auf den Spaten, den sie immer höher heben muss; allmählich schwingt sie ihn hinauf, damit die Erde nicht zu nahe am Rand aufkommt und wieder zurückrutscht. Ab und zu stützt sie sich auf den hölzernen Spatengriff, um sich etwas auszuruhen. Der Rücken tut ihr weh, und sie ist so müde. Hinlegen, einschlafen und nicht wieder aufwachen, danach sehnt sie sich, aber das darf sie noch nicht.

So schaufelt sie weiter, immer tiefer, jetzt müsste es bald ausreichen. Hier unten hat die Erde noch eine schwärzlich braune Farbe. Berthe zieht die Handschuhe aus und legt ihre Innenhände auf den Boden; die feuchte Kühle lindert das Brennen.

Sie darf nicht verweilen. Angestrengt schiebt sie ihren Sarg zum Grabrand. Die Länge der Grube hat sie richtig berechnet, doch sie ist ihr zu breit geraten. Über den Rand geschoben, beginnt der Sarg zu kippen; ächzend versucht Berthe, ihn aufzuhalten. Sie steigt ins Grab hinein, um ihn von dort aus zu lenken. Wäre die Grube länger, brauchte sie nicht zu befürchten, dass ihr der Sarg auf die Füße fällt, und Griffe an den Seiten würden ihr das Arbeiten jetzt erleichtern. Schlecht vorausberechnet; Physik, Mathematik, alles wie vergessen. Und zum Nachbessern fühlt Berthe sich zu erschöpft. So klammert sie ihre Hände zwischen Fußteil und Deckel, zieht am Sarg, bis das Kopfende auf den Boden prallt, kaum kann sie mit den vorgeschobenen Knien das Fußteil abhalten, sonst würde es ihr die Zehen zerquetschen. Den Freiraum an der Seite nutzend, schiebt sie sich heraus, und der Sarg plumpst zu Boden.

Schwer atmend hockt Berthe sich an den Rand und sieht auf ihr letztes Bett. Wunderschön, das blinkende Messingschloss an der wellig gekehlten Tür. Berthe öffnet den Deckel und steigt wieder hinunter, legt sich ins Holz. Wenigstens ein Kissen hätte sie mitnehmen sollen. Wenn sie sich andersherum legt, den Kopf ans Fußende, bekommt sie noch ein wenig Luft durch den unvorhergesehenen Spalt. Und wie kann sie die Erde auf den Sargdeckel werfen? Sie muss ein armdickes Loch hineinsägen, damit sie die Hand herausstrecken und Krumen herunterschaufeln kann.

Sie streckt sich aus, Kopf wie Fußspitzen berühren das Holz. Durch diese Bewegung fällt der Deckel zu.

Berthe erwachte.

34.

»Nie wieder frieren!«, verkündete Erna und schmiegte ihr Gesicht in die Pelzkapuze des eben erstandenen Mantels.

»Der stammt sicher aus Polen«, sagte Berthe. Sie hatte selbst mal einen solchen Mantel von dort besessen.

Erna hatte ihn in einem großen Gebrauchtwarenladen gekauft;

das angewachsene Fell innen, außen braunes Rauleder, reichte er ihr bis an die Knöchel. Nachdem sie Berthe den Mantel vorgeführt hatte, drehte sich Erna mit ausgebreiteten Armen im Zimmer; sie konnte sich nicht entschließen, ihn wieder auszuziehen.

»Einen festen Bügel könnte ich gebrauchen!«

Das wärmende Stück wog einiges, Berthe suchte einen stabilen alten Holzbügel heraus.

Als Kind hatte Berthe oft geweint vor Kälte. Die Mutter schickte sie zusammen mit der Schwester zum Rodeln. Herta, mürrisch, weil sie auf die Jüngere aufpassen sollte, fuhr ein paar Mal mit ihr den kleinen Berg hinunter. Sie schimpfte mit ihrer kleinen Schwester, wenn die nicht schnell genug wieder heraufkraxelte, und wandte sich dann Klassenkameradinnen zu, die stets auch dort waren. Berthe, die noch nicht zur Schule ging, sah Gleichaltrige mit Erwachsenen rodeln, allein traute sie sich nicht. Den Schlittenstrick in der Hand, sah sie unschlüssig den Abhang hinunter, wurde geschubst, die Kinder bedeuteten ihr, dass sie ihnen im Wege stand.

»Fahr doch!«, rief ihr Herta wütend zu, bevor sie auf einem fremden Schlitten den Berg hinuntersauste. Als sie wieder herauf kam und Berthe noch immer stehen sah, tippte sie mit dem Zeigefinger ein paar Mal an die Stirn. Berthes Hände wurden kalt, auch die Füße; zitternd sah sie zu, wie die anderen sich vergnügten. Als sie ein Schneeball traf, begann sie zu weinen. »Memme!«, rief ein kleiner Junge. Mit ihren steifgefrorenen Händen den schweren Schlitten mühsam hinter sich herzerrend, machte sie sich auf den Weg nach Hause.

»Was? Du bist schon wieder da? Und wo ist Herta? Die sollte doch auf dich Acht geben!«

Groß und streng stand die Mutter in der Tür, ließ Berthe nicht hinein.

»Und wo ist euer Schlitten?«

Berthe hatte ihn unten im Hausflur stehen lassen.

»Den nimmst du und gehst wieder zurück! Bis zum Mittagessen bleibt ihr an der frischen Luft, das ist gesund!«

»Ich friere doch so.«

Die Mutter rieb ihr ein bisschen die Hände durch die Fausthandschuhe. »Beweg dich, dann frierst du auch nicht!«

Eine Weile blieb Berthe noch vor der verschlossenen Wohnungstür stehen, erneut liefen die Tränen, nun auch die Nase. Die Tür blieb zu. Langsam stieg das Kind die Treppe hinunter.

Die Mutter stand hinterm Fenster und nickte ihr aufmunternd zu. Berthes klamme Finger schafften es kaum, mit dem Taschentuch das Gesicht abzuwischen.

»Wie siehst du denn aus?«, wurde sie von Herta empfangen, die froh war, dass Berthe wieder auftauchte. Seufzend setzte sie sich mit der kleinen Schwester auf den eigenen Schlitten, steif hielt sich Berthe an ihr fest, aber sie fror und weinte weiter.

»Flenne nicht dauernd!« Herta hieß Berthe, sich wieder hinter sie zu setzen.

Der einzige Trost war, dass die große Schwester zur Strafe für ihr Nicht-Aufpassen keine Nachspeise bekam.

In ihrem früheren Leben hatte Erna nie ausreichend wärmende Kleidung gehabt. Pelzgefütterte Mäntel besaßen die Herrschaften, die abgetragenen bekamen der Kutscher und die Amme. Wenn sie gut dran waren, konnten die Dienstmädchen sich ein großes wollenes Dreiecktuch über den Kopf legen, die spitzen Enden kreuzten sie vorn über der Taille und banden sie auf dem Rücken über der stumpfen Ecke zusammen. Handschuhe waren Luxus. Als Ehefrau nähte sich Erna aus den Resten einer alten Pferdedecke Fausthandschuhe, mit denen sie in der Küche auch die heißen Töpfe von der Kochstelle nahm. Ihre Röcke zog sie, wenn es kalt war, alle übereinander. Schuhe? Manche der Mädchen besaßen nur Holzpantinen, mit denen man auf festgetretenem Schnee leicht ausrutschen konnte. Die immer wieder gestopften dicken Wollstrümpfe kratzten und juckten schrecklich. Erna war da noch gut dran; in ihrer ersten Dienststelle bekam sie von der Frau des Hauses öfter getragene Kleidung. Als sie verheiratet war und die Familie vom Lohn des Mannes leben musste, kaufte sie ab und zu ein Stück beim Trödler, auch für die Kinder.

Täglich brachte sie ihrem Mann das Mittagessen zur Arbeitsstelle, das machten andere Frauen auch. So saßen sie ein Weilchen beisammen, erfuhren etwas voneinander, und die Frauen gingen dann mit den leeren Essgefäßen wieder heim. Auch in den Wintermonaten wurde auf dem Bau gearbeitet, wenn es nicht gerade so kalt war, dass der angerührte Zement gefror.

Manchmal, wenn er schon aus der Schule gekommen war, schickte Erna ihren Jungen mit dem Essen zur Baustelle. An diesem Tag ging er nur widerwillig, weil es so kalt war. Aber Erna musste bis zum Nachmittag einen Stapel Hemden gebügelt haben, womit sie zeitweilig etwas Geld verdienen konnte. In ein paar Wochen wurde Paul Hubig vierzig, das wollte Erna ein bisschen feiern.

»Legst immer mal eine Hand an den Topf, das wärmt!«, tröstete sie den Neunjährigen.

Außer Atem, weinend, kam er zurück. Das Essen war noch im Topf. »Papa –«

Kurz darauf brachten sie seinen Vater.

Wer das Wasser auf dem Gerüstbrett verschüttet hatte, darüber sprachen sie nie, weil jeder wusste, es hätte ihm auch passieren können. Es war jedenfalls vereist, und Paul Hubig war ausgerutscht, als er die Fensterrahmen im dritten Stock überprüfen wollte. Blut war nicht zu sehen, vermutlich hatte er das Rückgrat gebrochen.

So bleich kam er Erna ganz fremd vor. Drei Kinder waren ihr gestorben – mit dem Tod ihres Mannes hatte sie nicht gerechnet. Tränenlos starrte sie auf ihn, zog den hilflos schluchzenden Jungen an sich. »Jetzt müssen wir sehn, wie wir durchkommen«, sagte sie.

Nur mit Mühe konnten Totengräber in diesen Tagen die Gruben ausheben; die Erde war bis tief hinein gefroren. Obwohl sie für sich kaum das Nötigste besaßen, sammelten die Zimmerleute und Maurer für Paul Hubigs Beerdigung. Alle kamen, brachten ihre Frauen mit und standen während der kurzen Ansprache des Pastors frierend um das Grab herum. Mit klammen Fingern warfen sie ein paar harte Krumen auf den Sarg.

Der Bauherr hatte einen Kranz geschickt. Die Summe, die er Erna außerdem zukommen ließ, kam ihr großzügig vor; sie reichte für sie und den Jungen, bis sie wieder eine Stelle im Haushalt gefunden hatte. Das war in ihrem Alter gar nicht so leicht; junge Mädchen wurden bevorzugt.

Die Leute waren hochnäsig und geizig. Ihren Jungen musste Erna zu seinen Großeltern geben, die Miete für die kleine Wohnung konnte sie auch nicht mehr erübrigen.

35.

Sich als Nachfahrin bezeichnend, hatte Erna tatsächlich nach mühevollem Durchfragen die Stelle gefunden, an der die Geburtsurkunden ihrer Kinder aufbewahrt wurden und der Tod ihres Ehemannes vermerkt war. Auch ihre eigene Sterbeurkunde bekam sie zu sehen.

»Die hieß ja genauso wie Sie«, sagte die Beamtin.

Erna nickte beklommen. Zu Berthe sagte sie, da sei ihr zumute gewesen wie bei der alten Vorstellung vom In-den-Himmel-

Kommen und von dort aus gerührt das Treiben der Hinterbliebenen zu beobachten, deren Trauer zu sehen, die eigene Beerdigung.

Vor allem aber wollte sie doch wissen, wie es ihrem Jungen ergangen war, dem Max, den sie als Waise zurücklassen musste.

»Stell dir vor: Der ist zweiundachtzig Jahre alt geworden!« Das klang wie ein Triumph, der allerdings von der Feststellung eingeschränkt wurde, da habe er noch sieben Jahre unter den Nazis zugebracht. Ob er die unterstützt hatte?

Berthe meinte, wer weiß, ob er den Ersten Weltkrieg überlebt hätte, wenn er jünger gewesen wäre.

Zwei seiner Söhne waren in diesem Krieg gefallen, deren Mutter in der Hungerzeit kurz danach gestorben. Sechs Kinder hatten sie zusammen. Max war Zimmermann geworden wie sein Vater. Mit über sechzig hatte er noch ein zweites Mal geheiratet, eine mittvierzigjährige Kriegerwitwe, die selbst fünf Kinder geboren hatte, den Ältesten auch für den Heldentod.

»Irgendwie bringen die Menschen sich immer um«, sagte Erna. »Einseitig, gegenseitig, mit Waffen, ohne Waffen, aus Habgier, Dummheit, Rachsucht –«

»– und aus Passivität«, sagte Berthe.

Am Telefon stellte sich Erna als ›entfernte Verwandte, die sich für die Familiengeschichte interessiert‹ vor.

Nach einem kurzen Zögern sagte die Frau, die ihre Ururenkelin sein musste, mit ihrer dunklen rauen Stimme: »Na, komm'se mal einfach!«

Seltsam unkompliziert, Erna wusste nicht recht, was sie davon halten sollte.

Sie kaufte Blumen. Sie war so aufgeregt, dass sie beinahe eine Beruhigungstablette genommen hätte, die Berthe ihr anbot; im letzten Moment legte sie die doch zurück.

»Am liebsten würde ich gar nicht hingehn!«

»Das fehlte noch!« Berthe schlug vor mitzukommen, und sie einigten sich darauf, dass sie bis zur Haustür mitgehen, dann aber in einem Restaurant auf sie warten sollte.

Fahle Häuserreihen, mal vier-, mal zehnstöckig, noch immer Neubauten genannt, obwohl sie dringend ausgebessert werden mussten. Einige Straßenzüge, die bereits erneuert waren, sahen farbiger aus, das Grün zwischen den Häuserreihen frischer. Hier fanden sie auch ein Café.

Wo Erna hinging, war noch nichts renoviert, leere Bierdosen, Papier und anderer Müll lagen auf dem dürftigen Rasen.

Die Eingänge unterschieden sich nur durch die Hausnummern. Ernas Hand zitterte, Berthe drückte für sie auf den Klingelknopf.

Sprechanlage: »Komm'se hoch. Sechster Stock.«

Berthe begleitete Erna noch zum Fahrstuhl, winkte ihr durchs Fenster der geschlossenen Tür zu, bis das Gefährt mit einem dumpfen Ruckgeräusch abhob.

Berthe hatte die dritte Tasse Tee bestellt, diesmal ein Stück Torte dazu, Aprikose mit Quark, der in dieser Stadt Käse genannt wurde, als Erna zurückkam.

Sie setzte sich Berthe gegenüber.

»Nie wieder!«

Erna sah entschlossen aus. Bestellte sich einen Cognac. Den habe sie da – Erna machte eine Kopfbewegung in Richtung ihres Besuchs – auch angeboten bekommen, aber da habe sie lieber nur genippt.

Berthe wartete geduldig, bis sie erzählte.

Erna hätte nicht geglaubt, dass die Frau jünger sein könnte als sie: dünn, eine grobe blasse Haut, zwischen tabakgebräunten Fingern hielt sie eine Zigarette. Die ganze Wohnung roch nach solchem Rauch. Wummernde Rhythmen, Musik genannt, die noch lauter wurden, als die Frau eine Tür öffnete und mit heiserer Stimme hineinbrüllte: »Schraubt mal runter! Der Besuch iss da! Man versteht ja sein eignes Wort nich mehr!«

Augenblicklich wurde es leiser.

Die Frau bat Erna ins Wohnzimmer. Es war angefüllt mit einer Schrankwand, einem großen Fernsehapparat, einem langen niedrigen Tisch mit Kachelplatte und dem, was man Sitzgarnitur nannte. »Ham wer uns nach der Wende zujeleecht«, erklärte die Frau etwas später, auf die Lederpolster deutend. »Ratenzahlung.«

Es war eine Mischung aus vorsichtiger Distanz und Zutraulichkeit, mit der sie die fremde Verwandte behandelte. Von Ernas Blumenstrauß schien sie gerührt. Sie quetschte die Stiele in eine zu enge Kristallvase und ging hinaus, um Wasser für die Blumen zu holen, die Zigarette behielt sie zwischen den Fingern. Erna überlegte, ob es immer so aufgeräumt und blank im Zimmer aussah oder ob es ihretwegen hergerichtet wurde.

Die Frau öffnete eine Schranktür, hinter der sich eine verspiegelte Hausbar befand, gefüllt mit verschiedenen Likör- und Cognacsorten.

»Sie könn' ruhich Renate zu mir sach'n.« Erna sah sich genötigt, ebenfalls ihren Vornamen zu nennen. Die Frau sah sie verwundert an. »Klingt aber altmodisch!«

Erna hatte das Bedürfnis, so schnell wie möglich wieder von hier zu verschwinden. Was hatte sie mit dieser Frau gemein? Sie erregte aber auch ihr Mitleid, Erna wusste nicht, warum. Vielleicht erschien sie nur rau und forsch, war in Wirklichkeit unsicher? So blieb Erna, aus Neugier und weil sie die Frau nicht verletzen wollte.

Um ihr Kommen zu begründen, gab sie Kostproben aus ihrer Phantasiebiographie, was die Ururenkelin bewog, von sich zu erzählen. Offenbar tat es ihr gut, so eine aufmerksame Zuhörerin zu haben. Dabei zündete sie sich mit zittrigen Händen eine Zigarette an der anderen an.

»Stört Sie's, wenn ich rooche?«

Was sollte Erna da antworten. Nebenan war das rhythmische Gewummer wieder lauter geworden.

Neununddreißig Jahre war Renate erst. Geschieden. »Der hat mich blau jeschlachen!« Früher hatte sie als Materialprüferin in einem Betrieb gearbeitet, der Radios herstellte, und war, wie die meisten ihrer Kolleginnen, vor der Umstellung auf modernere Geräte entlassen worden. »Hat se ooch nischt jenützt, se sinn 'n halbes Jahr später pleite jejang'!« Neue Arbeit hatte sie bis jetzt nicht gefunden, sie wurstelte sich mit Hilfe verschiedener ›Maßnahmen‹ durch. »Bis zur Rente hab ich ja noch 'n Stücke Zeit«, sagte sie sorgenvoll, und: »Was mein'n Sie, was die Jör'n kost'n heutzutache! Aber als ich se krichte, hat mer ja nich jewußt, wie's mal kommt.« Drei Kinder hatte sie.

Eins davon erschien in der Tür. »Was willst'n?« Erna stellte sie ihn als den Jüngsten vor, sieben Jahre war er alt. Erna dachte an Max. Seinen Ururgroßvater.

Nachdem er eine Ausrede für seine Neugier vorgebracht hatte, erlaubte ihm die Mutter, sich neben sie aufs Ledersofa zu setzen. Sie streichelte ihm die Haare, als wollte sie ihn kämmen. Einerseits gehemmt durch den fremden Besuch, sah er Erna doch ununterbrochen an. Nach einer Weile wollte er wissen, wie sie hieß. Er fand den Namen nicht so absonderlich wie seine Mutter.

»Wat für'n Baujahr bist'n?«

Erna verstand nicht.

»Er will wiss'n, wie alt Sie sinn«, dolmetschte die Mutter und erklärte ihrem Sohn, dass man so etwas Fremde nicht frage.

»Ich denke, die iss mit uns verwandt!«

»Du hast völlig Recht«, sagte Erna. »Ich bin dreiundvierzig.«

Die Mutter fand, nun könne er wieder gehen. Nebenan war es

beträchtlich laut geworden. »Sag Irene, sie soll runterdrehn! Die denkt wohl, ich merk's nich!«

Erna entdeckte hinter einer Glasscheibe der Schrankwand das Foto eines Mannes in Uniform. Von weitem schien er Ähnlichkeit mit Paul Hubig zu haben. Sie ging näher heran.

»Das iss mein Bruder. Der war bei der NVA.« Erna wusste, das war die Abkürzung für die DDR-Armee gewesen. »Der iss mit'm Schütz'npanzerwag'n verunglückt.«

Er sah nicht nur aus wie Paul Hubig, sondern auch wie sein Sohn. Ernas Herz wummerte im Rhythmus von nebenan. Ob der Bruder Ähnlichkeit habe mit seinem Urgroßvater, Max Hubig?

»Wartn'se, von dem hab ich och 'n Foto!«

Erna hatte das Gefühl, ohnmächtig zu werden. Sie setzte sich wieder, erholte sich, während Renate in einem Schubfach kramte.

»Da!«, sagte sie schließlich und reichte Erna ein gelblich gewordenes, an den büttengezackten Rändern eingerissenes Foto in Postkartengröße.

Erna stützte ihre Hand auf die Tischkacheln, damit Renate ihr Zittern nicht bemerkte. Ihr Sohn Max. Ein alter Mann mit eingefallenem Mund, den weißen Schnauzbart hochgezwirbelt; weißes Haar bekränzte die mattschimmernde Glatze. Die faltenumränderten Augen blickten gutmütig, liebevoll. Er war im dunklen Anzug, auf der Brust den Prägestempel des Fotografen. Auf der Rückseite stand, sorgfältig in Sütterlin geschrieben: Max Hubig 1935.

Da war er siebenundsiebzig gewesen. So alt sollte seine Mutter nun auch werden. Die sah ihn an, erkannte in dem gealterten Gesicht Züge des Kindes, und ihr war zumute, als nähme sie Einblick in die Ewigkeit. Sie war so erleichtert, dass er nichts Herrscherlich-Soldatisches an sich hatte, keine Uniform trug. Was hätten sie mit so einem alten Mann bei SA oder SS auch anfangen sollen.

Seine Urenkelin schien Ernas Erschütterung zu bemerken. Sie sah sie erstaunt und genau an.

Erna fragte, ob ihr Renate eine Kopie von diesem Bild anfertigen lassen könne.

»Ich schenk's Ihn'n!«, sagte Renate.

Hätte Erna neben ihr gestanden, sie hätte sie umarmt; der Gedanke an den Weg um den Tisch herum kühlte das spontane Bedürfnis ab. Erna bedankte sich, verbarg ihre Rührung nicht.

36.

Erna war an einer Lungenentzündung gestorben, die sie sich wahrscheinlich, bereits angegriffen durch eine Erkältung, in einer zugigen Pferdebahn geholt hatte.

Als sie heimkam, schlotterte sie. Der kranken Frau war sie wegen der Ansteckungsgefahr auf Geheiß Herrn Ferdinands ohnehin nicht mehr nahe gekommen, aber nun verordnete er Erna, sich schleunigst ins Bett zu legen. Das Fieber stieg so hoch, dass sie manchmal bewusstlos schien. Schlafen wollte sie, nur schlafen, aber das war ihr meist nicht lange vergönnt wegen des Hustens, der so anstrengend und so schmerzhaft war, dass sie manchmal glaubte, es zerrisse sie. Wenn wenigstens dieser scheußliche Auswurf nicht gewesen wäre! Sie schämte sich, dass sie ihrem Herrn Ferdinand so etwas zumutete, obgleich ihr seine Fürsorge alle Qualen verklärte. Wann je hatte sich in ihrem Leben jemand so um sie gesorgt und bemüht. Die Schwester, die ihm in der Sprechstunde half, half ihm nun auch hierbei; da er obendrein seine Frau betreuen musste, war er für andere Patienten nur im Notfall zu sprechen.

Die feuchten Umschläge mussten ständig gewechselt werden, und Erna wusste manchmal nicht, was ihr lieber war: dass man sie in Ruhe ließ, oder dass ihr liebster Herr Ferdinand sie berührte. Bei den Brustumschlägen half er ihr, sich aufzusetzen, ihr Kopf fiel vor Schwäche nach vorn, und während er aufwickelte, zuwickelte, lehnte sie den Kopf an seine Brust und wähnte sich halb im Himmel.

Sie merkte, dass Herr Ferdinand täglich sorgenvoller aussah; ihr Zustand besserte sich nicht. Als dann ihr Junge, der inzwischen vierzehn war, an ihrem Bett zu weinen anfing, wusste Erna, sie musste sterben. Da wurde sie ganz ruhig. Der Husten ließ nach, hörte völlig auf. Ihre Sinne wurden noch einmal ganz klar, und sie bat ihren Herrn Ferdinand, sich um Max zu kümmern, der zwar bei seiner Großmutter leben konnte, aber wer wusste schon, wie lange noch; der Großvater war bereits gestorben.

Herr Ferdinand hatte das mit seiner Frau bereits besprochen.

»Max kann bei uns bleiben«, sagte er, und dann fing er an, hemmungslos zu schluchzen. Er legte seinen Kopf auf Ernas Bettdecke, und sie konnte ihn streicheln.

»Wenn das Sterben beim nächsten Mal auch so leicht ist, habe ich keine Angst davor«, sagte Erna.

37.

Beinahe täglich der Gedanke: Was finden meine Kinder vor, wenn mir mal etwas passiert? *Mal etwas passiert.* Warum dachte Berthe in Ausdrücken, in denen Angsteinflößendes verschleiernd gemieden wurde? Sie meinte doch: *Nach ihrem Tod.*

Briefe fänden sie, auch von Liebhabern vor Heinrich. Der hätte sie nie ohne ihre Zustimmung gelesen. Tote konnte man nicht mehr um ihr Einverständnis bitten, da oblag es den Findenden, was sie sich ansehen wollten, was sie ohne genaue Kenntnis wegwarfen oder erst einmal unbesehen aufhoben. Auch in Heinrichs

Hinterlassenschaft hatte Berthe unvermutete Dinge gefunden. Briefe einer Frau, die älter war als er, die er geliebt hatte, bevor er Berthe kennen lernte. Er hatte ihr davon erzählt, nicht aber, dass es diese Briefe noch gab. Berthe scheute sich, sie zu lesen; Briefe von ihm an diese Frau hätten ihr wahrscheinlich weniger Hemmungen eingeflößt. Sie vernichtete sie aber nicht; womöglich wollten ihre Töchter es lesen, um etwas über ihren Vater zu erfahren. Oder ließ Ruth und Selma so etwas gleichgültig? Vielleicht interessierte sich die eine dafür, die andere nicht? Berthe fragte nach dem Leben ihrer Eltern erst, als sie bereits tot waren. Vorsichtshalber hatte sie aber nichts weggeworfen, was sie sich später ansehen konnte. Was war ihren Töchtern wichtig? Was sie alles von ihnen nicht wusste. Vielleicht suchten sie sich ein paar wertvolle Gegenstände heraus (hoffentlich stritten sie sich nicht darum), verkauften, was sich verkaufen ließ, und mit dem anderen füllten sie – nach Selmas scharfer Musterung sortengetrennt – die Müllcontainer. Zu sorgfältigem Durchforschen nähmen sie sich wahrscheinlich keine Zeit. Wo sollten sie auch so viele Erbstücke unterbringen, sie hatten sich doch selbst angeschafft, was sie brauchten, und das nach ihrem Geschmack.

Im Laufe des Daseins hatte sich allerhand angesammelt, was nie mehr gebraucht wurde. Berthe hing inzwischen auch an Dingen, die sie früher leichter weggeworfen hätte. Sollte sie gezwungen sein, sich eine kleinere Wohnung zu suchen, müsste sie sich von vielem trennen. In einer der üblichen Neubauwohnungen brächte sie nicht mal die Hälfte ihrer Möbel unter; der große Barockschrank, den sie keinesfalls hergeben wollte, würde so ein niedriges kleines Zimmer bereits füllen, und es sähe plump aus. Und wenn sie ohne fremde Hilfe nicht mehr auskam? Ob sich die Töchter ihrer annähmen? Sie wollte ihnen doch nicht zur Last fallen, ihnen ihr Leben nicht verderben, wie Berthe das oft von anderen hörte: Sie hatten den Vater oder die Mutter ›zu sich genommen‹ und über deren Pflege die eigenen Wünsche so lange vernachlässigt, dass sie nach dem Tod der Gepflegten zusammenbrachen oder gar nicht mehr wussten, wie sie ihr eigenes Leben leben konnten. Ehen litten darunter, wurden zerstört. Nein, das wollte Berthe ihren Kindern nicht antun. In ein Altenheim ziehen, solange sie noch gesund war, mochte sie auch nicht, und aus einem Pflegeheim kam man nicht mehr ins eigene zurück. Da fände dann schon zu ihrer Lebzeit statt, was ihr fürs Nachhinein ein Rätsel war: Sie würde sehen, worauf Selma und Ruth Wert legten, worauf nicht. Da war es bestimmt angenehmer, wenn beide dasselbe Stück haben wollten, als zusehen zu müssen, wie etwas, woran Berthe hing, mit gleichgültiger abschätziger Miene einem Haufen zugeordnet wurde, für den man die Müllabfuhr benachrichtigte; unter Motorgetöse wurden die Teile gleich vorm Haus zermalmt, damit sie nicht so viel Platz einnahmen in dem Gefährt.

Wie wenig Verständnis hatte Berthe für ihre Mutter aufbringen können, als die sich sträubte, eine bucklig gesessene Chaiselongue auszurangieren.

»Die kann man doch nochmal aufpolstern lassen!«

Damals war es schwierig, einen Polsterer zu finden, und der hätte bestimmt gesagt, das lohnt nicht. Oder es wäre teurer geworden als eine neue Liege. Aber darum ging es der Mutter ja gar nicht.

»Bis jetzt war sie doch auch noch gut!«

Dabei konnte man nicht darauf sitzen, ohne Kneifstellen an den Oberschenkeln zu kriegen, und das wurde meist den Besuchern zugemutet; die Mutter saß in einem für sie bequemen Sessel.

Mittlerweile empfand Berthe als Vergewaltigung, was sie und Heinrich damals gemacht hatten: Während ihre Mutter Berthes Schwester besuchte, kauften sie ein schönes passendes Liegesofa und ließen das alte wegbringen. Sie glaubten, die Mutter würde sich freuen, wenn sie zurückkam. Stattdessen war sie so verärgert, dass sie lange Zeit nicht mit ihnen sprach, nur mit den Kindern. Stur, borniert, egozentrisch, altmodisch, undankbar; mit diesen Worten wehrte sich Berthe gegen die Uneinsichtigkeit ihrer Mutter. Meist lernte man das Verständnis für die Älteren erst, wenn es denen nichts mehr nützte; da konnte man sich dann schon über ›die Jugend‹ aufregen, die kaltblütig an einem verbrach, was man den eigenen Eltern angetan hatte.

Mit Schaudern dachte Berthe daran, was sie nach dem überraschenden Tod ihrer Mutter vorgefunden hatte: Etwa ein halbes Hundert Gefäße, die mit Leitungswasser gefüllt waren, keineswegs frisch eingegossen. Und ein braunes Steintöpfchen mit abgestandenem Urin. Die junge Frau, die in der Wohnung der Mutter wohnte, sagte, sie habe oft überlegt, ob sie Berthe benachrichtigen solle, wenn sie die Mutter tagelang nicht zu sehen bekam. Einmal habe sie ein paar Haare als Versiegelung vor ihre Zimmertür geklebt; erst nach drei Tagen seien sie zerrissen gewesen.

Da rechnete Berthe nach, wie lange sie ihre Mutter nicht gesehen hatte. Sie wohnte mehr als zweihundert Kilometer entfernt von ihnen und hatte, wie viele Leute damals, nicht mal Telefon. Die Mutter schrieb Briefe, aber merkwürdigerweise entweder lange Zeit überhaupt keinen und dann wieder, als wollte sie die Pause vergessen machen, in Abständen von nur ein oder zwei Tagen. Wenn sie sich sehen wollten, kam die Mutter mit der Bahn zu ihnen, meist lagen viele Monate zwischen diesen Besuchen. Dann war die Mutter lebhaft und autoritär wie eh und je; auch wenn sie nichts sagte, konnte man an ihrer Miene sehen, wie verwerflich sie Unordnung und Unreinlichkeiten fand. Sie putzte sämtliche Becken, wischte überall Staub, und Berthe blieb das

Dankeschön im Halse stecken, weil sie wusste: das war keine freundliche Hilfe, sondern als Tadel gemeint. Heinrich war am höflichsten zu ihr und ertrug schweigend die Klagen seiner Frau über die Schwiegermutter; er hatte seine Kindheit nicht unter ihrer Herrschaft verbracht. Aber alle waren froh, wenn sie wieder abreiste, auch die Kinder.

Die Phasen der Niedergeschlagenheit, des Sich-Zurückziehens, so die Mitmieterin, häuften sich, wurden länger – Berthe hatte nichts von ihnen gewusst. Wenn die Mutter schrieb oder von einem öffentlichen Fernsprecher aus anrief, war sie ja obenauf. Nur die größer werdenden Abstände hätten ihnen auffallen müssen. Die Mutter schämte sich vermutlich einzugestehen, was sie als Schande empfand.

Von der Wassersammlung war die Mitbewohnerin auch überrascht. Sie hatte die Räume von Berthes Mutter kaum betreten; entweder trafen sie sich im Flur oder in der Küche, oder die Mutter kam zu ihr ins Zimmer. Wurde einmal für längere Zeit das Wasser abgestellt? Die junge Frau konnte sich an dergleichen nicht erinnern. Die Mutter hatte zwei Kriege mit ihren Folgejahren erlebt, in denen die Menschen Kartoffelschalen und Brennnesseln aßen, froren, weil sie keine Kohlen hatten und die Fenster mangels Glas nur mit Pappe zugenagelt waren; regelmäßig wurde der Strom abgeschaltet, und das Wasser musste von einem abgelegenen Brunnen geholt werden –

Berthe leerte Flasche für Flasche, Schüssel für Schüssel, das Wasser roch manchmal bereits faulig. Die Glasflaschen, wurde sie von einer älteren Hausbewohnerin belehrt, dürfe sie nicht im Ganzen in die Mülltonnen werfen, die müsse sie kleinschlagen, damit sie nicht so viel Platz beanspruchten. Anstatt sich Handschuhe überzuziehen, wütete Berthe ungeschützt mit einem Hammer in der Mülltonne, und ihre Hände wurden blutig.

38.

Als Heinrich gestorben war, verkaufte Berthe das Auto. Sie hatte es nicht mehr eilig. Alles um sie herum hastete, hechelte, rannte, beeilte sich, wollte nicht zu spät kommen. Die Zeit nutzen. Wofür?

Das sei ja wie ein in allem gedehntes Leben, hatte Erna einmal beim Vergleich mit ihrem früheren gesagt. Aber ihr Mehr an Lebenszeit nutzten die Menschen nicht, um in größerer Ruhe zu genießen; wahllos stopften sie alles Habhafte in sich hinein, viel und schnell, je schneller, desto mehr schafften sie. Im Bemühen, das Tollste zu ergattern, wurde des Abends in den Wohnzimmern von Fernsehbild zu Fernsehbild gehastet; das Schrillste hatte den leichtesten Weg in die Köpfe. Was der Körper nicht brauchte, schied der Darm wieder aus oder nistete sich als Fett unter die Haut; was dem Hirn überflüssig war, verflüchtigte sich oder verstopfte die Ganglien wie mit nicht kompostierbarem Müll. Nur wenige Menschen mit einer rascheren Auffassungsgabe besaßen einen untrüglichen Sinn für das Brauchbare; anderes ließen sie gar nicht erst ein.

Eine Chance war der Stau. Da schieden sich die Aggressiven von den Geduldigen; denen blieb Zeit zum Nachdenken, und vielleicht fiel ihnen dabei ein, dass sie ihr Leben besser verbringen würden, wenn sie nicht so oft darauf warteten, dass andere ihnen den Weg freigaben, um vor sich selbst fliehen zu können.

Von Erna erfuhr Berthe, Selma hatte ihre Mutter wegen des Autoverkaufs bewundert. Zu ihr hatte sie davon nichts gesagt. Wie gut, dass es den Umweg Erna gab. Dass Ruth in ihrem Beruf ein Auto benötigte, sah auch Selma ein, die mit öffentlichen Bahnen fuhr und mit dem eigenen Rad. Berthe war Radfahren im Straßenverkehr zu gefährlich, da lief sie lieber. Sie hatte aber viel mehr Zeit als Selma, die durch ihre Arbeit auch häufig unterwegs sein musste, wenn sie sich nicht mit dem begnügen wollte, was sie schriftlich bekam. Arbeitszeit pro Tag zwölf bis sechzehn Stunden.

»Das ist doch Arbeit für zwei Leute!«, sagte Berthe. »Die einen arbeiten sich kaputt, und die andern sind arbeitslos! Wenn du Kinder hättest, könntest du das gar nicht machen.«

»Nein«, sagte Selma.

Nichts weiter. Und Berthe wagte Selma nicht weiter zu fragen, obwohl sie so gern mehr über sie gewusst hätte als über ihr Engagement für Umweltprobleme. Sie könnte ihr ja mal anbieten, die Briefe zu lesen, die ihr Vater von einer anderen Frau bekommen hatte.

Aber auch dazu fehlte Berthe im Moment der Mut. Sie musste sich Zeit lassen. War der Weg zu ihrer Tochter zu weit, um ihn noch zu schaffen?

39.

›Arsch vierundneunzig!‹ Empört kam Erna nach Hause, nachdem sie ein Plakat mit dieser Aufschrift gelesen hatte. »Nicht genug, dass sie einmal im Jahr das modischste Frätzchen prämiieren – jetzt ist auch noch der Hintern dran! Ich schlage vor, als nächstes den schönsten Pimmel des Jahres zu küren!«

»Zu dieser Veranstaltung gehst du natürlich.«

»Und du kommst mit!«

»Nee!«

»Sag bloß, du würdest dich genieren!«

»Exhibitionismus interessiert mich nicht«, sagte Berthe.

Da stimmte Erna ihr zu.

»Manche meinen ja, uns ginge es zu gut.«

»An solche Kleinbürgerphrasen glaubst du doch nicht! Erikson« – Erna nannte ihren Freund immer beim Nachnamen – »meint, das Bedürfnis hätten die Leute auch früher schon gehabt, die öffentliche Moral sei nur strenger gewesen. Da stellt sich doch die Frage, wie viel Freiheit den Menschen überhaupt bekömmlich ist.«

»Verträgst du Freiheit nicht?«, fragte Berthe.

»Na, hör mal!«

»Also: Wer verträgt Freiheit nicht? Und warum? Ist Diktatur unvermeidlich?«

»Warum immer solche Extreme?«

»›Die Menschen‹ neigen leider dazu.«

»Es müsste doch auch möglich sein –«

»Du überschätzt dich. Woher willst du wissen, dass deine Ansichten die für alle richtigen sind? Handelst du denn immer danach?«

»Ich geb mir Mühe«, sagte Erna kleinlaut.

»Das ist ja immerhin was«, sagte Berthe, und das meinte sie nicht mal ironisch. Hatte sie doch gerade an diesem Tag selbst etwas getan, was sie bereute.

Berthe hatte sich abgewöhnt, nach jedem Klingeln sorglos die Korridortür zu öffnen; sie fragte immer erst, wer denn da sei, bitte.

Eine Kinderstimme. Berthe sah durch das kleine Beobachtungsglas, das früher auch nicht in der Tür war.

Ein Junge, etwa zehn Jahre alt, blond, ein wenig dicklich. Er sammele Geld für den Erhalt ihres Kinderclubs, der, wie er sagte, geschlossen werden solle. Er hatte eine Liste dabei, drei Namen standen bisher darauf, gegeben wurde von einer bis drei Mark.

Die hätten Berthe nicht arm gemacht. Aber sie war misstrauisch geworden. Kein Stadtgang mehr, ohne dass sie mehrmals um

Geld gebeten wurde. ›Haste mal 'ne Mark‹ war inzwischen zu ›Hamse mal paar Groschen‹ geworden: Mitleid heischende Geschichten wurden in U-Bahnen erzählt, manche saßen mit beschriebenen Pappschildchen auf den Gehwegen, besonders gern vor Läden. Ab und zu gab Berthe umherziehenden Musikern etwas Geld, oder sie kaufte eine Obdachlosenzeitung. Doch ob sie etwas gab oder nicht, es war jedes Mal von Unsicherheit begleitet, dem Gefühl, sich verkriechen zu wollen.

Die das Geld hatten im Lande, wurden auf diese Weise nicht behelligt. Schämten sie sich ihres Reichtums? *Privilegien verdummen.* Dieser Satz hatte Berthe nachdenklich gemacht, aber auch ohne ihn schämte sie sich manchmal ihrer Sattheit, wenn sie von Menschen angesprochen wurde, die offensichtlich ein schlechteres Los hatten. Sie wäre ihnen gern aus dem Weg gegangen, aber auch dafür hätte sie sich geschämt. So erstarrte jedes Mal ihr Atem, und ihre Seele suchte sich mit einem Stachelkleid zu wappnen, wenn jemand um Kleingeld bittend vor der Kaufhalle saß oder einer im U-Bahn-Wagen, in dem sie mit anderen, die wegsahen, eingesperrt war, seine gewiss nicht erlogenen, aber durch unzählige Wiederholungen leierkastenhaft klingenden Sätze über eine Aidskrankheit aufsagte. Da konnte sie nicht einfach unberührt locker bleiben.

Kinder waren manchmal raffiniert. Dachten sich, auf ihre Unschuld-Wirkung spekulierend, etwas aus, womit sie den Erwachsenen Geld entlockten. Berthe kannte den Kinderclub nicht.

Sie fragte, wer dafür verantwortlich sei.

»Der Michael.«

Der Junge wirkte ehrlich, aber Berthe war verkrampft. »Ich habe leider selber nicht viel«, sagte sie.

»Arbeitslos.« Der Junge nickte verständnisvoll.

»Nein, ich bin Rentnerin.« (Als ob das nicht egal wäre.)

Der Junge musterte Berthe verwundert. Schließlich entschloss er sich offenbar, Berthe zu glauben. Langsam nickend wandte er sich der Treppe zur nächsten Etage zu.

Schon da bereute Berthe ihre Ablehnung. Sie konnte aber nicht rasch genug umdenken, um es wieder gutzumachen und dabei glaubhaft zu bleiben. Die Summe, die die Stadt nun nicht mehr zahlen wollte, würden die Kinder vermutlich sowieso nicht zusammenbekommen, aber jede Ablehnung verstärkte ihre Enttäuschung über die Erwachsenen. Und selbst wenn es eine Finte war – Waffen oder Drogen würden sie schon nicht dafür kaufen. Das undurchschaubare Elend machte so unsicher. Aber das Misstrauen war zerstörerisch. Sie hätte den Jungen fragen sollen, wo sich der Club befand, dann hätte sie hingehen und sich überzeugen können. Hätte wäre wenn –

»Wollen wir uns zusammen erkundigen, wo es in der Nähe so einen Kinderclub gibt?« Erna dachte oft rascher als Berthe. Und praktischer.

40.

Wie ertrug Erna den Gedanken, dass ihr zweites Leben genau befristet war?

Berthe wollte keinesfalls, dass man ihr verschwiege, wenn sie für Ärzte absehbar vor ihrem Tod stünde. Aber konnte sie dafür bürgen, dass sie es auch dann noch wissen wollte? Immerhin hoffte sie, von einer unheilbaren Krankheit verschont zu bleiben. Erführe sie ihr Todesdatum, sagte sie sich, würde sie ihre Zeit bewusst nutzen für das, was ihr am wichtigsten war. Doch irgendwann in den nächsten Jahren, Jahrzehnten starb sie ohnehin; warum nicht sofort beginnen mit dem Weglassen des Unwichtigen? Auch das Wissen um den ungefähren Zeitpunkt des eigenen Todes ließ sich ignorieren. Leben, als ob es endlos wäre. Machten das nicht die meisten Menschen? Wie war das bei Erna, die wusste, wann ihr zweites Leben abgelaufen sein würde?

»Ach, weißt du«, sagte Erna, »ich denke da nicht immerzu dran. Bis dahin ist noch so viel Zeit«

Das war Ernas Vorteil: Sie wusste ebenso, dass sie vorher nicht starb. »Warum soll mich das mehr beunruhigen als andere Leute? Ums Sterben kommt keiner herum, und ich weiß wenigstens schon, wie es sein kann. Allerdings lebe ich jetzt lieber als früher.«

»Warum?«

»Es ist leichter für mich als damals – und ich habe nicht vergessen, wie es war. Vielleicht ändert sich alles, wenn ich kurz vorm Ende angekommen bin. Aber dann wird es auch nicht anders sein als für Menschen, denen man gesagt hat, dass ihnen nur noch wenig Zeit zum Leben bleibt.«

»Die können es immerhin leugnen und sich einen Irrtum der Ärzte einreden.«

»Leugnen kann ich's auch. Und wie ich sterben werde, weiß ich ebenso wenig wie andere; ein Unfall, Siechtum, Herzversagen –«

»Ich stelle es mir trotzdem völlig anders vor, ob ich die Stunde weiß oder von ihr überrascht werde«, sagte Berthe. »Soldaten im Krieg leben immer mit Ungewissheit und Hoffnung; ein zum Tode Verurteilter, der seinen Hinrichtungstermin kennt, kann ihn nicht mehr verleugnen.«

»Und die Todeskandidaten in amerikanischen Gefängnissen, die manchmal jahrelang auf die Vollstreckung warten, immer wieder auf Begnadigung hoffend? Das stelle ich mir grässlich vor.«

»Würden sie nicht gefangen gehalten, wäre es eigentlich für sie ähnlich wie für Nicht-Eingesperrte; auch ich weiß nicht, ob ich heute oder morgen von einem Auto überfahren werde oder ein Infarkt mich umbringt. Im ›normalen‹ Leben lässt sich die

Gefahr nur leichter vergessen als in einer Gefängniszelle. Wenn es plötzlich geschieht, hilft mir das Nachdenken darüber sowieso nichts.«

»Wäre dir ein plötzlicher Tod lieber?«, fragte Erna.

»Ich weiß nicht. Dann geschieht es eben. Ich denke nur, damit ginge mir etwas verloren, was für mich ein wichtiges Stück Leben bedeutet. Sterben ist ja nicht Totsein. Doch was helfen all unsere Wünsche – aussuchen können wir es uns sowieso nicht. Es sei denn, ich bringe mich selber um.«

Über Heinrichs Tod lag der Schatten von Berthes ängstlicher Weigerung, ihn anzuhören. So empfand sie es jedenfalls; dieses Schuldgefühl würde sie nie wieder loswerden. Viele Fehler, die jeder im Leben machte, ließen sich wenigstens mildern mit anderem Verhalten beim nächsten Mal. Hier gab es kein nächstes Mal, das wusste Berthe sofort, wenn sie auch bis zum Schluss töricht darauf hoffte.

Ruth kam nun jeden Tag, schloss ihren Vater an ein Tropfgerät, dessen Inhalt die Schmerzen linderte und den Kranken ernährte; er hatte kaum noch Appetit, und wenn er etwas aß, stieß es der Magen meist wieder zurück. Heinrich war still geworden und matt, er schlief viel, und wenn er um etwas bat, klang das so leise, dass Berthe ihr Ohr nahe an seinen Mund halten musste, um es zu verstehen. Ihre Scheu vor ungewohnt innigen Berührungen und Bekenntnissen war geschwunden, aber Heinrich war mittlerweile viel zu geschwächt, um sich noch zu etwas Ungewöhnlichem entschließen zu können. Wie ein Kind überließ er sich in seinen letzten Lebenstagen Berthes Fürsorglichkeit. Im Alltag waren Zärtlichkeiten zwischen ihnen selten gewesen; jetzt schien es ihm wohl zu tun, wenn Berthe ruhig auf seinem Bett saß und ihn sanft und lange streichelte. Selbst Ruth, die ihren Vater sehr liebte, wunderte sich offenbar, wie ihre Mutter mit dem Kranken umging.

Als er eines Abends Berthes Hand nahm, sie schwach immer wieder zu drücken versuchte, kam es Berthe vor, als wolle er ihr doch noch etwas Besonderes mitteilen. Sie hielt den Atem an, spürte ihr Herz klopfen, sah mit angestrengter Spannung in das schmale Gesicht. Die dunkel und groß wirkenden Augen sahen sie unentwegt an, seine Lippen bewegten sich, ohne Laut. Als er erschöpft die Augen wieder schloss, legte Berthe ihr Gesicht an seines. Lange blieb sie so. Sie spürte, etwas hatte sich verändert.

Ruth erkannte sofort, es ging zu Ende. Sie verzichtete auf den Tropf, rief zu Hause an, sie bleibe heute bei ihrem Vater. Sie fragte ihre Mutter, ob sie Selma Bescheid sagen solle.

Berthe nickte.

Manchmal war es so still, dass sie nur den leicht röchelnden Atem des Sterbenden hörten. Mit dem Empfinden, keinen Moment versäumen zu dürfen, sich den unwiederbringlichen Anblick tief einprägen zu müssen, ließ Berthe ihre Augen nicht von diesem Gesicht, das ihr so vertraut war und fremd; an die Durchsichtigkeit, das Hilflose hatte sie sich gewöhnt, aber nun kam es ihr vor, als entferne es sich von ihr, als hätte es nie mit ihr zu tun gehabt, nie sie angeschaut, zu ihr gesprochen, sie niemals berührt. Darin lag aber nichts Kränkendes. Heinrichs Atem wurde ruhiger, den Mund, der in der letzten Zeit immer leicht geöffnet war, wenn er schlief, hatte er jetzt geschlossen, alles Wehrlose war geschwunden. Es war ein sanftes, schmerzloses Entgleiten.

»Seine Hände werden kühl«, sagte Berthe leise.

Ruth nickte nur.

Berthe hatte kein Zeitempfinden mehr. Hätte man sie gefragt, ob es noch lange dauern oder rasch gehen möge, hätte sie vermutlich keine Antwort gewusst. Sie war so dem Augenblick hingegeben, dass es weder Vorher noch Nachher für sie gab. Und als es soweit war, dass Ruth den Puls zu erfühlen suchte und anschließend bei leicht gerundeter Hand mit Daumen und Zeigefinger über die Augenlider ihres Vaters glitt, änderte das nichts. Still blieben die beiden Frauen sitzen, bis es an der Wohnungstür klingelte.

Ruth öffnete ihrer Schwester.

Als Selma begriff, sie war zu spät gekommen, um ihren Vater noch lebend zu sehen, fing sie an zu weinen. Die Schluchzer schüttelten sie so erbarmungslos, dass ihre Mutter sie in den Arm nahm und tröstend streichelte.

41.

Endlich Sommer. Schon das Aufwachen war eine Freude. Alles hell, gelbe Sonnenflecken bewegten sich mit den Baumblättern vorm Fenster, durch die wechselnden Lücken leuchtete die Hauswand der gegenüberliegenden Straßenseite. Der Himmel, soweit sichtbar, blau, blau, blau. Das Gefühl, den Tag genießen, nichts vom Schönen versäumen zu dürfen, erfüllte Berthe. Wer weiß, wie lange noch.

Vieles, was sie früher bloß nebenher wahrgenommen und kaum gewürdigt hatte, konnte Berthe erfreuen, seit sie in Betracht zog, dass es damit irgendwann zu Ende war. Vielleicht ließ sich überhaupt nur genießen, was einem als Genuss bewusst wurde. Hieß das, die spontanen Freuden abwerten? Die Gefühlserschütterungen, in der Jugend so heftig, waren allmählich dünnblütiger geworden; der Pendelschlag von Himmelhoch jauchzend zum Zu Tode betrübt, war auf freudig erregt bis lähmend missmutig geschrumpft. Manchmal hatte Berthe geahnt, dass da etwas verloren gegangen war; das konnte unzufrieden machen, wurde geleugnet, war im Hasten von einer Verpflichtung zur nächsten untergegangen.

Für Berthe gab es wieder vieles zum Freuen, sie musste es nur bemerken. Sich nicht mit denen vergleichen, die mehr, die es womöglich auch leichter hatten, sondern mit den vielen, die auf irgendeine Weise ärmer waren. Sie hatte die Wahl, sich dauernd zu ärgern, dass ihr Bad nicht gekachelt war, die hässlichen alten Rohre mit einem Folienvorhang nur unvollständig verdeckt wurden, oder froh zu sein, dass überhaupt ein Bad zu ihrer Wohnung gehörte und immer, wann sie es wollte, kaltes und warmes Wasser aus Hahn oder Brause floss. Als ob das selbstverständlich wäre. Nichts war selbstverständlich, nichts war sicher. Nicht mal, dass sie eine Wohnung hatte. Also freu dich über deine lieb gewordene Behausung. Ärgere dich nicht über den Regen, der die eben geputzten Scheiben wieder besprenkelt; öffne das Fenster zum Hof, lausche dem gleichmäßigen sanften Geräusch, wenn der Regen auf die Baumblätter trifft. Nachts, wenn es ansonsten still war, hatte das etwas wunderbar Beruhigendes. Dann liebte Berthe diesen alten Hof. Tief sog sie die erfrischte Luft ein. Atme, solange du atmen kannst. Denn nichts ist selbstverständlich.

Obwohl wesentlich jünger, war Erna das Staunenkönnen noch nicht abhanden gekommen. So schnell sie gelernt hatte, sich in den ihr fremden, oft befremdlichen Verhältnissen zurechtzufinden, war sie doch immer darauf bedacht, das Vergleichen nicht zu vergessen und abzuwägen, ob das Spätere auch das Bessere war. Technische Erfindungen nach langer kritikloser Verherrlichung nun in Bausch und Bogen zu verdammen, empfand sie als einseitig, als Mode; vergangene Jahrhunderte wurden als naturverbundener und damit schlichtweg als besser verklärt. Mischte sie sich ein, wenn so etwas gesagt wurde, gab sie zu bedenken, seit wann erst ein unterirdisches Abwassersystem die stinkenden, krank machenden Abflüsse beseitigt hatte, was Infektionen früher angerichtet hatten, wie bitter die Armut vieler gewesen war, so wurde ihr geantwortet, das seien die Menschen doch damals nicht anders gewöhnt gewesen, weshalb sie es wahrscheinlich gar nicht so schlimm empfunden hätten, wie sie es darstelle, da gehe sie zu sehr von heute aus, könne sich nicht in die damaligen Verhältnisse hineinversetzen. Dann tat es Erna weh, dass sie nichts sagen durfte über das selbst Erlebte.

An diesem Sonnentag kam Erna besonders früh nach Hause.

»Kommst du mit raus?«

Berthe hatte nur darauf gewartet. Sie schlug vor, mit der S-Bahn ein Stück aus der Stadt zu fahren.

Schönfließ nannte sich die Station, an der sie ausstiegen. Wie war der Ort zu diesem Namen gekommen? Einen Fluss gab es hier nicht, sah man von einem feuchten Graben ab. Schönwalde, Schönefeld, Schönerlinde, Schöneberg, Schöneweide, Schönholz, die Schönhauser Allee deutete darauf, dass es einen Ort diesen Namens gegeben hatte, und schließlich dieses Schönfließ. Spieglein, Spieglein an der Wand, wer ist –

»Ach«, sagte Erna, »Hauptsache, es ist schön hier!«

Durch Äcker und Wiesen laufen und dabei nicht an Arbeit denken müssen, diese Erfahrung machte Erna erst in ihrem zweiten Leben. »Jeden Abend Rückenschmerzen«, sagte sie. Schon als Kind. Später, in den Stadthaushalten, war es nicht viel besser gewesen, sie hatte nur nicht so lange hintereinander in gebückter Haltung arbeiten müssen. Von Berthe lernte Erna, wie sie mit Körperübungen ihre beschädigten Knochen vorm schnellen Verfall schützen konnte.

Beide hatten sie ihre Freude am Benennen der Pflanzen; Berthe kannte die lateinischen Namen, Erna fielen noch manche von früher ein und wofür sie die Blüten, Blätter oder Wurzeln verwendet hatten.

»Dazu haben wir Leinkraut oder Frauenflachs gesagt.«

»Ich kenne es als Löwenschnäuzchen; Linaria vulgaris.«

»Wegwarte.«

»Cichorium.«

»Hat das was mit dem Kaffeeersatz zu tun?«

»Ja. Der wird aus den Wurzeln der Pflanze hergestellt«, sagte Berthe. Speziell gezüchtet, natürlich. Und Chicoree, das seien gebleichte Wintertriebe. Daher auch der Name Bleichzichorie.

Wegerich hieß lateinisch Plantago. Plantago psylium nannte Erna Flohsamen. Sie hatten ihn früher zu Schleim gekocht und dünne Stoffe damit gestärkt; Batist, Musselin, Voile. Vor allem aber hatte der Schleim gegen Husten geholfen.

Erna bückte sich zu der Pflanze, nahm einen Blütenstand zwischen ihre Finger. Ob Berthe so feine Blüten schon mal mit der Lupe betrachtet habe?

»Nein.«

»Da sieht man erst, wie schön sie sind. Züchtungen vergröbern die Blüten nur.«

Berthe hockte sich neben Erna. Sie wusste, wie Pflanzen unterm Mikroskop aussahen. Das Lebendige in winzige Teilchen zerlegt; schon als Schülerin hatte sie sich für diesen Anblick begeistert. Sie erzählte, wie sie sich im Biologieunterricht danach gedrängt hatte, durchs Mikroskop sehen zu dürfen; die Bilder hätten eine geradezu magische Wirkung auf sie gehabt. Ihr sehnlichster Wunsch sei von da ab der nach einem solchen Gerät gewesen, aber erst zum Abitur hatte sie eins bekommen. Jetzt sei ihr Enkel Felix ganz verrückt danach, sie werde ihm wohl eins zu Weihnachten schenken.

Als Berthe aufstand, traf sie der Anblick der Landschaft wie ein Wunder, so unvermutet heftig, dass ihr die Erschütterung Tränen in die Augen trieb.

Erna sah sie erstaunt an.

Wie sollte ihr Berthe die plötzliche Ergriffenheit erklären? Da war doch gar nichts Besonderes zu sehen. Ein großer Acker, mit kurzhalmigem, strammem, noch grünem Weizen; das Feld daneben hatte man brachgelegt, die häufelige Erde war noch dunkel; der breite Streifen, auf dem sie standen, war mit Pflanzen bewachsen, die von den Bauern Unkraut genannt wurden; Büsche, Sträucher, am Holunder hingen sogar noch ein paar stark riechende gelblichweiße Blütendolden. Und hinter allem der Wald: Buchen, Kiefern, Ahorn, Eichen, die Arten würden sie erst richtig erkennen, wenn sie dort anlangten. Ja, und dieser Himmel, am Horizont eine kleine Wolke wie ein Schönheitsfleck auf der Stirn einer Inderin.

Eigentlich nichts Aufregendes. Aber es war lebendig, veränderte sich ständig und blieb sich doch gleich. Und Berthe durfte noch dazugehören.

Auf dem Heimweg von der S-Bahn kamen sie an einem Restaurant vorbei, das an der Straßenecke dicht bei ihrem Haus lag. An Sommertagen wurden hier lange Tische und Bänke aufgestellt, sie waren auch schon zum großen Teil besetzt. Müde vom vielen Laufen und der frischen Luft, hungrig, beschlossen Erna und Berthe, gar nicht erst nach Hause zu gehen, sondern auch den Abend im Freien zu verbringen, zu essen, zu trinken, wie sie sonst im Vorübergehen hier andere sitzen, essen, trinken, plaudern sahen. Sommerabend. Wer weiß, wie viele noch. Durch die Zeitumstellung blieb es eine Stunde länger hell, aber Berthe hatte die Gäste auch schon bei Kerzenlicht sitzen sehen.

Als sie fragten, ob etwas frei sei am Tisch, sahen die jungen Leute verwundert auf und nickten, als wollten sie sagen: Das sehn Sie doch! Berthe wurde bewusst, dass meist Jüngere hier saßen; sie war mal wieder die Älteste. Ihrem Rücken hätte zwar eine Lehne gut getan, aber sie dachte nicht daran, ein anderes Lokal zu suchen. Schon lange hatte sie auch mal hier sitzen wollen, sich unterhalten, die Vorübergehenden im Blick, von ihnen gemustert.

Ein Wasser gegen den Durst, einen Wein zum Essen, auf das sie noch warten mussten, in den Gliedern eine wohlige Müdigkeit. Berthe schloss die Augen, vernahm einzelne Worte aus den Unterhaltungen ringsum.

»Da sitzt die Oma!« Es war Rose, die ihre Großmutter als erste gesehen hatte.

Felix versuchte über die niedrige Abzäunung zu klettern, Erna half dabei. Ein Pärchen an ihrem Tisch bezahlte gerade, versicherte, gleich werde Platz.

Die Kinder, die oftmals bei Familienspaziergängen maulten, waren gern mitgegangen, weil sie dadurch länger aufbleiben durften. Auf die Idee, die Großmutter zu besuchen und mitzunehmen, war Felix gekommen, der auch besonders enttäuscht war, als trotz mehrmaligen Klingelns an der Wohnungstür niemand geöffnet hatte. Nun saß er neben ihr, ihnen gegenüber Rose zwischen ihrem Vater und Erna; Ruth fand neben Berthe Platz, nachdem alle auf dieser Tischseite ein wenig zusammengerückt waren.

»Und du musst noch nicht ins Bett?«, fragte Erna.

Mit ernsthafter Miene schüttelte Rose den Kopf.

Obwohl die Kinder bereits zu Abend gegessen hatten, kosteten sie bei Berthe und Erna und tranken Orangensaft.

»Iss Tante Erna nicht alles weg!«, mahnte Roses Vater. Er mochte Erna, ihre Lebhaftigkeit gefiel ihm, wenngleich die Unterhaltung zwischen ihnen spärlich ausfiel; beide hatten Hemmungen voreinander.

»Magda!«, rief Berthe aus.

Angesichts des Familientreffens blieb die Freundin nur zögernd stehen.

»Ich hatte versucht, dich anzurufen, und weil sich niemand meldete, dachte ich, gehst mal vorbei –«

»Setz dich zu uns«, lud Berthe sie ein.

Diesmal rückten sie auf der anderen Tischseite zusammen.

Die Kinder wünschten sich Eis. Berthe fragte die Erwachsenen, ob sie auch Appetit darauf hätten.

Noch bevor Berthe bestellen konnte, sah sie Erikson kommen. Sie machte Erna aufmerksam, die sich umdrehen musste, um ihn zu sehen.

Verlegen grüßte er die Runde. Vergeblich habe er versucht, Erna telefonisch zu erreichen.

Nun fehlte nur noch Selma. Aber die kam nicht. Wer weiß, mit wem sie den Abend verbrachte. Denn heute schien es kaum jemanden zu Hause zu halten, wie sonst vorm Fernseher; die Leute pilgerten, schlenderten, wollten vielleicht auch ein Bier oder ein Glas Wein in der lauen Abendluft trinken. Aber hier waren schon alle Tische und Bänke besetzt. Hier sitzen wir, dachte Berthe und zog ihren Enkel an sich, der sich heute nicht dagegen sträubte.

42.

»Was hast du denn da schon wieder gekauft!«

Erna plusterte ihren Tadel zur Empörung auf; Berthe hatte in Plastebehälter gefüllten Joghurt mitgebracht.

»Der in Pfandgläsern kostet das Doppelte!«

»Als ob wir von unserm Geld eine achtköpfige Familie ernähren müssten! Und so was will andere überzeugen!«

Berthe knurrte kleinlaut, bis ihr einfiel: »Deine Zahnbürste ist auch aus Kunststoff!«

»Grinse nicht so hämisch! Sonst lasse ich mir welche aus Naturborsten mit Holzgriff anfertigen!«

Berthe grinste weiter. »Schone den Waldbestand!«

Derartiges Geplänkel gab es beinahe täglich zwischen ihnen und endete meist mit Gelächter. Aber sie stellten fest, dass sie durch das ständige In-Frage-Stellen ihrer Kaufgewohnheiten bereits viel an ihnen geändert hatten.

Ihre gemeinsame Anti-Müll-Aktion lief allerdings nicht wie

erhofft. Nachdem sie den Text in die Briefkästen gesteckt hatten, riefen ein paar Leute bei Berthe an, die sowieso schon darauf achteten, wenig Abfall zu hinterlassen; manche von ihnen boten sogar ihre Unterstützung an. Aber auch solche Anrufe gab es, eine Männerstimme:

»Sinn Sie die mit dem komischen Müll-Zettel?«

»Was ist daran komisch?«

»Wolln Sie mich veräppeln? Ich lebe doch nich mehr in der Steinzeit!«

»Aber die Zukunft –«

»Sie gehörn wohl ooch zu den'n, die de DDR wiederham wolln?! PDS, wa?! Statt froh zu sinn –«

Berthe legte auf.

Regelmäßig ging sie durch die Häuser, um die Namen zu notieren, die auf den Listen standen. Nach den ersten Tagen trug sich kaum noch jemand ein, allmählich verschwanden auch die Listen, manchmal klebten noch ein paar Fetzen an der Wand.

Neunzehn Häuser, achtundzwanzig Aufgänge; zweiundfünfzig Namen waren nach zehn Tagen zusammengekommen.

Vor Wut kamen Erna die Tränen. »Ich glaube, die Leute kapieren erst, wenn sie im Müll ersticken! Ein bisschen mehr nachdenken, ein bisschen weniger Bequemlichkeit – damit wäre so viel getan!«

»Die Welt richtet sich leider nicht nach deinen Wunschvorstellungen.«

»Nach der Vernunft!«

»Menschen sind nur selten vernünftig.«

»Das sagst du mit einer Ruhe!«

»Das habe ich auch erst lernen müssen. Wem nützt deine Aufregung?«

»Wenn sich mehr Leute aufregen würden, würde auch mehr geschehen!«

Berthe sah Erna an. »Merkst du, wie oft du *würde wäre wenn* sagst? Auf den Konjunktiv folgt bald der Imperativ. Die meisten Revolutionäre sind unfähig zu ertragen, dass nicht alle so denken wie sie. Das ist gefährlich.«

»Revolutionäre verändern die Welt«, sagte Erna stolz.

»Wo hast du denn die Phrase her? Von Revolutionsverherrlichung hab ich genug. Damit es angeblich der Mehrheit besser geht, müssen Millionen krepieren!«

»Wenn du es richtiger findest, die Hände in den Schoß zu legen –«

»Du tust grad so, als hätte ich keinen Finger dafür gerührt!«

Selma fand die Beteiligung gar nicht so schlecht. »Wenn jeder von denen durch sein Verhalten einen andern überzeugt, sind es schon mehr als hundert. Warten wir noch ein Weilchen ab, und wenn es funktioniert, können wir im Senat einen Antrag einbringen für weitere Versuche.«

»Wenn das Leben nur nicht so kurz wäre«, seufzte Erna.

Das hörte Berthe zum ersten Mal von ihr, und Selma sagte:

»Du wirst es schon noch erleben, dass sich da etwas ändert. Es geht nur nicht so schnell.«

»Die Leute sind so träge!«

»Und du zu ungeduldig. Anfangs wollte ich auch mit dem Kopp durch die Wand.«

»Die Menschheit kommt mir manchmal vor, als würde sie wie auf einer Rutschbahn dumm-fröhlich in den Selbstmord sausen!«

»Die Menschheit gibt es ein bisschen länger als uns«, sagte Selma. »Vielleicht ist unser gepriesenes Gehirn auch bloß eine Entartung der Natur, und es gehört einfach dazu, dass wir uns zugrunde richten.«

»Und warum engagierst du dich dann überhaupt?«

»Weil ich jetzt lebe und das Feld nicht gern den Zerstörern überlasse.«

»Hast du schon mal daran gedacht«, sagte Berthe zu Erna, »wie winzig unser Planet ist im Vergleich mit dem ganzen Weltall?«

Das hätte vielleicht auch ihre Tochter sagen können.

43.

Drang ein unvermuteter Laut, ein Knall, ein Schrei, das aufdringliche Motorengebrumm eines haltenden Müllautos sofort ins Bewusstsein, so fiel ein Abflauen der Straßengeräusche, vielleicht weil es dem Ohr wohl tat, oft erst nach einer Weile oder manchmal auch gar nicht auf.

Irgendetwas ist anders da draußen, dachte Berthe, die einen Brief an ihre Schwester schrieb, und sie ahnte gleich, dass es schon geraume Zeit anders war. Sie ging ans Fenster.

Auf der Fahrbahn, direkt vor ihrem Haus, lag ein Mensch, ein Mann mit grauem Haar. Viel mehr konnte Berthe nicht erkennen, weil mehrere Leute sich um ihn bemühten. In der Frau im weißen Kittel erkannte sie eine der jungen Ärztinnen, die unten im Haus ihre Praxis hatten, die Sprechstundenhilfe kam jetzt mit einem Koffer; der Verunglückte lebte also noch.

Ein Mann in Zivil hatte es übernommen, mit ausladender Gestik die Autofahrer zu bremsen und sie zu veranlassen, trotz Gegenverkehrs auf der anderen Straßenseite weiterzufahren. Erstaunlich, wie diszipliniert, wie vorsichtig sie sich einigten, vor der kleinen Fußgängerinsel zu halten und abwechselnd aus der einen und der anderen Richtung zu fahren. Daher also das Leisersein; die Fahrtgeschwindigkeit fehlte.

Auf dem Fußweg vorm Haus standen Zuschauer, nutzlose Gaffer. Nutzlos gaffend wie Berthe. Sie war nur geschützt durch die

Fensterscheibe. Weshalb sah sie zu, wie die Ärztin mit übereinander gelegten Händen in regelmäßigen Abständen den Brustkorb des Mannes nach unten drückte? Sie wollte wissen, ob der Mann am Leben blieb. Würden sie eine Decke über seinen Kopf ziehen, wäre das eine traurige Niederlage, eine Hoffnung weniger, dass sich nach einem solchen Sturz dem Tod entkommen ließ. War er nur gestolpert und unglücklich gefallen? Hatte sein Herz versagt? War ihm schwindlig geworden?

Ein Notarztwagen kam; auch ohne Signalton hielten die anderen Fahrzeuge, um ihn durchzulassen. Die Helfer sprangen heraus; der Arzt beugte sich über den Verunglückten, verständigte sich mit der Kollegin. Zwei Helfer öffneten die Hintertür und hoben eine Trage heraus. Würde sie zur Bahre werden? Berthe konnte sich nicht losreißen. Sie sah nun auch das blasse Gesicht, die beschmutzte Kleidung, die Hosenbeine waren über die Knöchel gerutscht, die nackten weißlichen Waden wirkten fast obszön; ungehörige Blicke, gegen die sich der Mann nicht wehren konnte. Würde Berthe so etwas passieren, und wer konnte das ausschließen, würde auch sie behandelt werden wie eine wehrlose Puppe, die keine Scham besaß, weil alles unwichtig wurde gegenüber dem einen: den Menschen nicht sterben zu lassen. Wenngleich den Verunglückten sein Tod nicht mehr schmerzen würde; die Lebenden bangten um ihn, aus Liebe, aus Pflichtgefühl oder weil sie in seinem Leben ihr eigenes sahen.

Der Mann wurde auf die Trage gehoben; die beiden Helfer gingen so behutsam mit ihm um, wie sie es kaum getan hätten, wäre er tot. Unbedeckt trugen sie ihn zum Auto.

Berthe atmete wieder ohne Beklemmung. Sie blieb noch am Fenster stehen, sah, wie die Ärztin und ihre Sprechstundenhilfe ins Haus gingen. Wären sie nicht sofort zur Stelle gewesen, wer weiß, ob der Mann noch lebte.

Der Rettungswagen fuhr davon, die Leute entfernten sich

langsam, manche redeten noch miteinander. An der Stelle, wo der Mann gelegen hatte, war nur ein dunkler Fleck zu sehen. Ein Auto fuhr darüber.

44.

Magda ging es nicht gut, Berthe konnte es an ihrer Stimme erkennen, die ohne Schärfe war, schleppend klang, leidend. Magda gab sich auch keine Mühe, das zu verbergen; Berthe sollte es merken und von sich aus fragen, ob etwas nicht in Ordnung sei. Aber gerade das störte Berthe. Hätte Magda gesagt, sie habe Kummer, ob sie sich treffen könnten, hätte Berthe sich sofort mit ihr verabredet; das Ausstellen des Leidens empfand sie als Nötigung, auf die sie nur widerwillig einging.

»Hast du Probleme?«

»Wieso?«

Auch das noch; Berthe sollte sagen, dass selbst am Telefon nicht zu überhören war, wie schlecht es Magda ging.

Berthe überwand sich: »Du klingst so.«

Berthes Ton war nicht mitfühlend genug, Magda war gekränkt.

»Wenn dich das stört –«

Am liebsten hätte Berthe ja gesagt und aufgelegt. Sie musste sich zusammennehmen.

»Möchtest du, dass wir uns sehen?« Ein bisschen barsch klang das noch immer.

»Ich weiß nicht – Wenn es dir zu viel wird –«

Berthe hörte Erna sagen, das sei doch keine böse Absicht, sondern ein Hilferuf. Wie bei Kindern – Eben. Magda war Berthes Freundin, und sie hatte keine Lust, mit ihr umzugehen wie mit einem Kind. Magda konnte doch sagen, worum es ihr ging. Aber Erna meinte dazu (das lernte sie alles in ihrem verdammten Psychologiestudium!), Berthe dürfe da nicht von sich ausgehen; sie solle froh sein, wenn sie von solchen Jammeranfällen verschont bleibe.

Berthe hatte Magda einmal in diesem Zustand besucht. Sie roch jetzt noch das ungelüftete dunkle Zimmer. Ein neutraler Ort war am besten.

»Morgen um fünfzehn Uhr im Sophiencafé?«

Magda kam später. Berthe war milde gestimmt, es brachte sie nicht auf.

Sie hatte nachgedacht, wozu sie einer Freundin gegenüber verpflichtet war und was sie als Zumutung betrachten und ablehnen konnte, ohne sich schäbig vorzukommen. Sie war durchaus bereit, Magda, die keine Kinder und nur wenige Freunde hatte, zu helfen, wenn sie krank wurde, eine Grippe etwa, oder wenn sie sich – wollen wir's nicht beschreien – einen Arm bräche. Sie hörte sich auch stets an, wenn Magda ihre Nöte, die sie mit Männern – oder ohne sie – hatte, loswerden musste; es sträubte sich aber alles in Berthe, auf diesen Jammerton einzugehen, der Magda so unaufrichtig machte, was Berthe ihr dann auch nicht sagen konnte wie sonst, wenn sich Magda zierte und gebeten werden wollte. Da machte es Berthe nichts aus zu sagen: »Wenn du denkst, ich bitte dich ein zweites Mal, irrst du.« Dann lachte Magda wie eine Ertappte, die sich dessen aber nur mäßig zu schämen brauchte, weil die Taktik längst bekannt war und als Spiel gelten konnte.

Magda hatte sich auffällig geschminkt. Nie vorher war Berthe aufgefallen, wie ledern so ein Überzug die Haut machen konnte. Magda hatte viel zu dick aufgetragen. Hieß das, sie wollte nur Fremden nicht zeigen, wie mies sie sich fühlte, oder war sie gewillt, sich auch Berthe gegenüber nicht gehen zu lassen? Der öffentliche Ort hatte wahrlich seine Vorteile für so ein Gespräch.

Magda rang sich ein Lächeln ab. »Wartest du schon lange?«, fragte sie mit einem Blick auf Berthes Kaffeetasse, die beinahe leer war.

»Es geht«, antwortete Berthe freundlich.

Das erste Schweigen dauerte nicht bis zur Peinlichkeit, weil die Kellnerin kam. Mit Kaffeebestellungen entschwand sie wieder. Abermals kein Wort zwischen ihnen. Berthe dachte, sie will doch was von mir, soll sie anfangen. Aber Magda fing nicht an. Sie hielt ihren Kopf gesenkt, und Berthe sah den weißen Haaransatz; es wurde Zeit, dass Magda nachfärbte, denn dieses Dunkelrotbraun – ohne Rotton schienen es die meisten Dunkelhaarigen nicht zu mögen, das war wie eine Seuche – stach unangenehm ab vom weißen Nachwuchs.

Magda hob den Kopf. »Was guckst du so?«

»Ich denke, wir wollten reden miteinander?« Berthe kam sich gemein vor, Magda noch weiter hinzuhalten, sie sah doch, wie schwer es ihr fiel, von sich aus etwas zu sagen. Aber Berthe brachte es auch nicht mehr fertig, einen freundlichen, sanften Ton anzuschlagen. »Was hast du denn für Probleme?«

Magda sah sie aus trüben Augen an. »Probleme?«, fragte sie langsam.

Erschrocken stellte Berthe fest, wie alt Magda auf einmal aussah. Um eine Brille zu vermeiden, trug sie Kontaktlinsen; ein Brillengestell würde diese Hautsäckchen unter den Augen wenigstens ein bisschen verdecken. Die Wangen, das Kinn: schlappfaltig, hängend; in die Halshaut waren nicht nur zwei tiefe Querfalten gegraben, die man bei Magda schon vor zwanzig Jahren entdecken konnte, sondern nun auch tiefe Längsrinnen. Wozu ließ sich Magda für viel Geld kosmetisch befummeln und nörgelte an Berthe herum, weil die sich nur regelmäßig eincremte, wenn als Ergebnis so ein Geknitter herauskam? Berthe kannte ihr eigenes Spiegelbild: So sah sie noch lange nicht aus. Wenn

Magda wenigstens auf ihr Aussehen nicht so viel Wert legen und über andere, die darin nachlässiger waren, dauernd herziehen würde.

Das konnte sie ihr jetzt natürlich nicht sagen. Konnte sie ihr das überhaupt jemals sagen? Magda gehörte zu denen, die gern andere kritisierten, aber sehr empfindlich waren, wenn sie kritisiert wurden. Eigentlich war sie arm dran, wenn sie sich derart vom Äußeren abhängig machte.

»Warum hast du mich denn gestern angerufen?«

Verblüfft-empört suchte Magda nach Worten. »Darf man dich nicht mal mehr anrufen?!«

Berthe schloss einen Moment lang die Augen, atmete tief ein. »Selbstverständlich kannst du mich anrufen. Ich dachte nur, es gäbe einen besonderen Grund.«

Magda schüttelte den Kopf. »Ich weiß nicht«, sagte sie leise.

Wegen der Geräusche im Café und von der Straße musste Berthe genau hinhören, wollte sie verstehen, was Magda sagte – eine Bitte um Wiederholung wäre jetzt nicht angebracht.

»Ich glaube, ich schaff's nicht mehr, nochmal jemanden zu finden, der bei mir bleibt.«

Kraftlos gekrümmt saß Magda auf ihrem Stuhl und schien sich mit dem herabhängenden Tischdeckenrand zu beschäftigen. Sicher wäre sie entsetzt, wenn sie sähe, wie ihre Haare scheitelartig auseinander fielen und so das grelle Weiß sichtbar wurde. Bemitleidenswert stach es von dem clownshaft geschminkten Gesicht ab. Noch vor kurzem, an dem schönen Sommerabend, hatten sie sich gegenübergesessen, und Berthe war nichts davon aufgefallen. War es die Beleuchtung oder Magdas Seelenzustand? Manchmal kam es zu regelrechten Alterungsschüben. Das konnte Berthe auch passieren. Kein angenehmer Gedanke.

»Weißt du, was der Kerl zu mir gesagt hat, bevor er sich aus dem Staub machte?« Magda erwartete keine Antwort. »Mein Alter hätte ihn nicht gestört, wohl aber, dass ich's ihm verschwiegen habe. Er hat in meinem Ausweis nachgesehn.«

Berthe war versucht, Magda daran zu erinnern, dass sie vor einer Lüge gewarnt hatte, aber Magda fing an zu weinen.

»Das war doch nur ein Vorwand. Er wollte mich loswerden, weiter nichts!«

Ratlos sah Berthe zu, wie Magda mit einem Tempotaschentuch die Augen betupfte und sich anschließend das Wimpernschwarz auf dem Zellstoff betrachtete. Sie hob ihr Gesicht.

»Bin ich verschmiert?«

Stumm verneinte Berthe. In der Verwirrung hatte sie gar nicht genau hingesehen. Ihr war der Anblick einer Schriftstellerin eingefallen, kürzlich im Fernsehen: Sie hatte nicht nur alt ausgesehen, sondern ausgesprochen vergrämt. Prompt hatte Berthe im Lexikon nachgesehen; die Lyrikerin war sogar ein Jahr jünger als sie! Da hatte sich Berthe Genugtuung nicht verhehlen können. Meist war es ein verbitterter Gesichtsausdruck, etwas Un-Freudiges, manchmal sogar Gehässiges, was das Aussehen so unangenehm machte. Auch bei Jüngeren. Wenn sie sich ehrlich prüfte, musste Berthe zugeben, sie fühlte sich erhaben über die verknitterten Gestalten.

Magdas trostheischender Blick war jetzt traurig und ohne Hinterhalt. Berthe ahnte, dass sie eine Demutsgeste von der Freundin gebraucht hatte, um sich ihr wieder zuwenden zu können. Einen erlösenden Rat konnte sie ihr ohnehin nicht geben, wenn die Erlösung auch erhofft und erwartet wurde. Magda erwartete immer mehr von anderen, als sie selbst zu geben vermochte. Wenn sie das begriffe und zu ändern versuchte, hätte sie viel gewonnen. Aber wenn sie unglücklich war, konnte Berthe mit ihr darüber nicht reden, und wenn es ihr gut ging, sorgte Magda dafür, dass sie über anderes sprachen.

Magdas Hände lagen auf dem Tisch. Der rote Nagellack war an

manchen Stellen abgesplittert. Auf den Handrücken traten die Adern hervor.

Berthe legte ihre Hand darauf. »Irgendwann müssen wir uns alle damit abfinden, dass wir die anderen nicht ändern können.« Vorsichtig fügte sie dazu: »Höchstens uns selber.«

Magda wehrte nicht ab, nickte sogar bedächtig. Wahrscheinlich hatte es sie bereits erleichtert, dass sie die Kränkung des Verlassenwerdens, die Wut, in die sie sich hineingeredet hatte, immer nur mit sich selbst, von morgens bis abends, vermutlich auch noch nachts, endlich einmal hatte aussprechen können.

45.

Erna arbeitete seit einiger Zeit in der Sozialhilfe; sie hatte sich um die Wohnungslosen in ihrem Bezirk zu kümmern. Das nannte man Ernas *Zuständigkeitsbereich.* Es war weder eine Praktikantenstelle noch eine feste Anstellung als Sozialarbeiterin, sondern eine auf zwei Jahre befristete Arbeit als Obdachlosenbetreuerin, bei der ihr das abendliche Psychologiestudium nützlich war, vor allem aber ihre Lebenserfahrung zugute kam, wenn sie die auch zum größeren Teil unter ganz anderen Umständen erworben hatte.

Das war für sie täglicher Ansporn, Ärger, Wut, aber auch Freude. Sie hatte mit Beamten zu tun, für die das Leid und die Probleme anderer lediglich ein *Verwaltungsbereich* waren wie der für städtische Grünanlagen oder Hundesteuer: vorgegebener *Finanzierungsrahmen,* begrenzte *Nutzungsmöglichkeiten* und, nicht vergessen bitte, die Belege für die Abrechnung. Das verlegen dankbare Lächeln eines Menschen, dem sie hatte helfen können, entschädigte Erna für alle vergeblichen Bemühungen.

Berthe musste sich von Montag bis Freitag anhören, was Erna

bei ihrer neuen Tätigkeit erlebte. So erfuhr sie vieles, wovon sie vorher nichts geahnt hatte und was ihr Mitgefühl bewegte. Manchmal wurde es ihr aber auch lästig, und sie hätte sich Ernas Erzähldrang gern entzogen. Doch Erna war unerbittlich.

»Augen zu, Ohren zu – und im eigenen kleinen Kreis zufrieden sein!«, sagte sie böse. Berthe spürte sofort ihr Gewissen und lehnte sich dagegen auf. Wie vieler Not anderer sollte sie sich denn noch aussetzen, ohne sich egoistischer Gleichgültigkeit bezichtigen zu lassen? Hatte sie nicht auch ein Recht auf ihre Freuden?

Erna meinte, das schließe einander nicht aus.

»Für mich doch. Ich kann nicht wohl gelaunt in ein Geschäft gehen, um die Zutaten für eine gute Mahlzeit zu besorgen, wenn junge Leute davor sitzen, die mich um ein paar Groschen anbetteln. Selbst wenn ich es während des Kaufens vergesse, werde ich spätestens wieder daran erinnert, wenn ich aus dem Laden komme. Da hilft auch eine lächerliche Groschengabe nichts, das Essen ist mir verleidet. Das schmeckt dann wie ein gebratenes Kaninchen, das man vorher täglich gefüttert und gestreichelt hat. Ich gehöre nicht zu den Menschen, die sich ständig für andere aufopfern können. Das würde mir alle Lebensfreude nehmen. Wem würde das nützen?«

Erna merkte oft zu spät, dass sie Berthe für etwas beschimpfte, was ihr gar nicht anzulasten war. Entschuldigend sagte sie: »Mir macht das keine Schwierigkeiten.«

»Das hängt vielleicht mit deiner Vergangenheit zusammen. Ich habe immer in einer gesicherten Bürgerlichkeit gelebt. Eine Wohnung, zum Anziehen nicht nur, was notwendig ist, sondern was mir auch gefällt; kein Hunger –« Berthe stockte. »Stimmt nicht. Nach Kriegsende haben wir auch gehungert. Aber da konnten die meisten Leute sich nicht sattessen. Ich habe es allerdings schlecht vertragen, ich bin auf dem Schulweg ein paar Mal weggekippt vor Schwäche.«

Ihre Klassenlehrerin hatte Berthe deshalb für eine internationale Kinderspeisung vorgeschlagen. Nach einer ärztlichen Untersuchung durfte sie in den Sommerferien jeden Mittag mit Schüssel und Löffel zu einer Schulaula gehen, in der die mageren Kinder aus großen Kübeln gegen eine Papiermarke Eintopfessen bekamen, das Berthe wunderbar schmeckte. Dort hatte sie auch zum ersten Mal in Milch gekochte süße Nudeln gegessen. Die Lebensmittel kamen aus Übersee, Reis, Nudeln, Hülsenfrüchte; das Fleisch stammte vermutlich aus Dosen, und die Milch war aus Milchpulver gemacht. Sogar Kakao hatten sie da bekommen! An frisches Obst konnte sich Berthe nicht erinnern. Das hätte ja aus der eigenen Gegend stammen müssen, und wer Obstbäume oder -sträucher besaß, erntete die Früchte hübsch für sich, und sei es zum Tausch gegen etwas anderes, was es nicht zu kaufen gab. Garteninhaber zählten damals zu den Beneideten – viel mehr noch die Landwirte.

Berthe erinnerte sich an Fahrten in überfüllten Zügen, an endlose ungepflasterte Wege, an unfreundliche Gesichter, wenn ihre Mutter etwa ein Bettlaken für ein paar Lebensmittel bot. Ein Säckchen Kartoffeln und einen Liter Milch bekamen sie schließlich dafür, und Berthe konnte sich nicht mal darüber freuen, weil sie so müde war vom vielen Laufen in unbequemen Schuhen und weil sie noch einen weiten Weg vor sich hatten bis zur nächsten Bahnstation. Zum Trost ließ die Mutter sie aus der Kanne trinken, aber Berthe, die nur die bläuliche Magermilch kannte, erbrach das noch kuhwarme fette Getränk. Später passierte ihr Ähnliches, als ihr ›Tanzstundenherr‹ sie zu einer Portion Schlagsahne einlud. Die erste Schlagsahne in ihrem Leben – ihr Magen vertrug sie nicht, weil er an so viel Fett nicht gewöhnt war.

Kartoffeln wurden nur abgebürstet, nie geschält; roh mit der Schale gerieben und mit Wasser und Salz gekocht, ergaben sie eine dicke gebundene Suppe in der Farbe schmutziger Wehrmachtsuniformen. Mohn war wegen seines Ölgehalts sehr begehrt; mit ihm verdarb man die Kaffeemühlen, weil er in gemahlenem Zustand nicht nur den Mohngeschmack, sondern auch das nötige Fett für einen Kuchen hergab, vorausgesetzt, man besaß Mehl und etwas Zucker oder Süßstoff. Pfannen wurden mit Kerzenwachs eingerieben, damit sich Kartoffelscheiben darin braten ließen. Möhren waren eine Delikatesse, und wer auf dem Land Zuckerrüben ergatterte, kochte köstlichen dunkelbraun glänzenden Sirup davon. Aber auch die unappetitlich blassgraue Melasse wurde noch zum Süßen irgendwelcher Speisen verwendet.

Hunger und das dazugehörige Magengeknurre gehörten damals zu Berthes Alltag; eine gekochte Kartoffel mit etwas Salz (das auch knapp war) brachte ihre Augen zum verzückten Umherrollen.

Als Kind brauchte Erna nicht zu hungern; solange sie auf dem Gutshof lebte, gab es immer genügend zu essen, auch für die anderen, die dort arbeiteten. Das war nicht das gleiche Essen, das für die Gutsbesitzerfamilie und ihre Gäste gekocht wurde, aber selbst davon bekam Erna manchmal etwas ab. »Setz dich und iss!«, sagte die Köchin und stellte ein Tellerchen mit einem Stück Fleisch, einem Kloß oder einem Klacks Pudding vor das Kind. Auch die Töpfe durfte Erna manchmal ausschlecken, das machte sie besonders gern. Von den einfachen Speisen, Brot, Kartoffeln, Gemüse, auch Schmalz und Pflaumenmus oder Zuckersirup, bekam das Gesinde ausreichend. Darauf legte der Gutsherr Wert; wer einen leeren Magen hat, arbeitet nicht ordentlich, war seine Überlegung.

Später, bei den städtischen Herrschaften, wurde Erna sehr unterschiedlich verpflegt. Da sie durch die richtig gedeutete Annonce gleich als Erstes zu der freundlichen Familie kam, bei der sie blieb, bis sie heiratete, lernte sie die Demütigungen, das Geschundenwerden und den Hunger erst viel später kennen. Am Anfang ihrer Ehe konnten sie von dem Geld, das ihr Mann verdiente – etwas hatte er auch vorher erspart –, so leben, dass sie nicht zu darben brauchten. Aber mit zunehmender Kinderzahl wurde es knapper. Manchmal ging Erna zum Rossschlächter, um am Sonntag einen Braten auf den Tisch stellen zu können. Ihr Mann hielt es für Rindfleisch und bewunderte Ernas Wirtschaftskünste; sie ließ ihn bei seinem Glauben. Damit die anderen satt wurden, aß sie selbst aber oft zu wenig. Scherzhaft meinte ihr Mann, er müsse sie wohl mal wieder schwängern, damit sie ein bisschen zunähme.

Die Herrschaften, bei denen Erna nach dem Tod ihres Mannes arbeiten musste, waren die schlimmsten. Sie war froh, dass sie ihren Jüngsten bei den Großeltern unterbringen konnte, die am Stadtrand wohnten und ein Stück Garten besaßen. Nur einmal im Monat bekam Erna einen halben Tag frei. Dann fuhr sie zu ihnen, um ihren Sohn zu sehen und sich von der Schwiegermutter verwöhnen zu lassen, die ihr auch immer ein paar Äpfel und ein mit Wurst belegtes Brot mitgab, das Erna erst am nächsten Abend aß, spät, um sich nicht dem Verdacht auszusetzen, sie habe es womöglich gestohlen. Ihr wurde alles genau zugeteilt, sowohl das Wenige, das sie selbst essen durfte, als auch die Zutaten zu dem, was sie für das kinderlose Ehepaar kochen musste; auch das war nicht üppig bemessen. Übriggebliebenes durfte nicht etwa Erna verzehren, sondern das hatte sie für die Herrschaft wieder aufzuwärmen. Der Hausherr war ein Beamter höheren Dienstgrades; es war vermutlich mehr Geiz als Geldnot, der zu solcher Sparsamkeit trieb. Die Hausfrau passte auf, dass Erna die Kartoffeln auch ja dünn genug schälte, und als Erna einmal den Auflauf schwarzkrustig werden ließ, bekam sie die Zutaten vom Lohn abgezogen; ohnehin nur ein Taschengeld, war sie doch ›mit Kost und Logis‹ eingestellt. In ihrem winzigen Kämmerchen war auch noch die Trittleiter untergebracht.

Durch die wenige Freizeit konnte sich Erna nicht nach einer anderen Stelle umsehen; die Annonce des Doktors, ihres Herrn Ferdinand, entdeckte sie in einer Zeitung, die der Hausherr auf dem Frühstückstisch hatte liegen lassen, anstatt sie, wie sonst, mit zum Dienst zu nehmen.

Am Nachmittag sagte Erna der Frau des Hauses mit fester Stimme, sie habe etwas dringendes Familiäres zu erledigen und brauche einen freien Nachmittag. Auf die erstaunte Frage, worum es denn gehe, wagte Erna zu antworten, das möchte sie nicht sagen; sie war entschlossen, sich bei dem Arzt vorzustellen, und sei es gegen den Willen ihrer Herrin. Die sah sie streng prüfend an, gewährte ihr für den Nachmittag des nächsten Tages drei Stunden und drohte an, wenn Erna nicht pünktlich zurück sei, werde sie ihr den Monatslohn kürzen.

Da Erna bei dem Herrn Ferdinand sofort anfangen konnte, verzichtete sie auf das ganze Monatsgeld, packte in der Nacht ihre Sachen zusammen und verschwand leise, bevor ihre Herrschaften das Bett verließen. Auf einen Zettel, den sie auf den Küchentisch legte, schrieb sie: ›Habe eine neue Stelle gefunden, bei der ich meinen Jungen zu mir holen kann. Erna Hubig.‹

Die Stadt war groß genug, um diesen Leuten nie wieder zu begegnen.

46.

Berthe erwachte spät, feuchtgeschwitzt, die Nase verstopft, der Mund ausgetrocknet. Hatte sie ungünstig gelegen, war es zu warm? Aber warum dann ausgerechnet dieser Traum?

Da liegt sie in einem grellweißen Zimmer, unfähig, sich zu rühren, gar aufzustehen. Keine Schmerzen, nur Helle und Unbeweglichkeit. Niemand besucht sie. Keine Blumen, keine Bilder an den Wänden, keine Bücher. Auch keine Fenster, durch die sie hätte nach draußen sehen können, Baumgrün vielleicht oder Schnee, das Licht eines sonnigen Mittags. Nur die lähmende Gewissheit, dass sich für sie nichts mehr an diesem Zustand ändern wird.

Immer wenn jemand von den Weißbekittelten hereinkommt, Schwestern, Ärzte, einzeln oder zusammen, hofft und bittet sie verzweifelt, sterben zu dürfen – umsonst. Sie dachten und fühlten nur, was sie gelernt hatten. EsgehtIhnendochgut. Haben Sie Schmerzen? NasehnSie. SiehabendochkeinenGrund. Nein, fleht sie. Ich habe keinen Grund mehr unter den Füßen. Habt doch Erbarmen! WirtundochwaswirkönnenfürSie. Nein! schreit sie, ihr versteht mich nicht, ich will nicht mehr länger so leben! Sie verhielten sich wie Aufziehpuppen, gaben Spritzen, hielten sie fest, wenn sie sich wehrte, blieben immer ruhig, gingen wieder. Grellweißes Zimmer. ICH WILL NICHT MEHR!

Ob sie laut geschrien hatte? Wer hätte es hören können? Die unten in der Arztpraxis. Über ihr war fast nie jemand da. Ihre Nachbarn im Seitenflügel.

Die einen nannten es mutig, die anderen feige, sein Leben selbst zu beenden; die einen zeigten keinerlei Verständnis dafür, die anderen nickten wissend. Vermutlich hatte jeder von ihnen den sehnsuchtsvollen Sog, alle Demütigungen, die Einsamkeit und Ohnmacht nicht mehr fühlen zu müssen, irgendwann einmal kennen gelernt. Manche hatten es nur vergessen.

Berthe wollte kein Leben, das sie als sinnlos empfände, als quälend, ihre Würde beleidigend, eine Belastung für ihre Kinder. Niemand sollte erleichtert aufatmen, wenn sie – endlich! – gestorben war. Die Möglichkeit, notfalls sich selbst auf sanfte Weise aus dem Leben zu befördern, beruhigte sie. Sie kannte sich gut genug aus in der Wirkungsweise bestimmter Substanzen, und sie konnte sich das tödlich Wirkende selbst herstellen.

Warum hatte sie es bislang nicht getan? Noch brauchte sie es ja nicht. Einige der Zutaten müsste sie erst besorgen, und ihre Wirkung ließ nach mit der Zeit. Vielleicht – höchstwahrscheinlich, hoffte sie – würde sie es überhaupt nicht brauchen. Warnung aus dem Hintergrund: Wenn sie nun physisch gar nicht mehr in der Lage sein würde, sich das Zeug zu mixen? Ach, der Drang zu leben war doch der unwiderstehlichste, dagegen kam Logik nicht an. Niemand brachte sich um, nur weil er es für vernünftig hielt. Allenfalls die Aussicht, dass das Kommende schrecklicher sein würde als ein rasches Sterben, konnte dazu verführen, Hand an sich zu legen; aber auch da war es die Furcht vor etwas, die dazu trieb, und ohne die Phantasie, die einem mit erbarmungsloser Deutlichkeit zeigte, was unausweichlich bevorstand, käme auch dieses Gefühl nicht auf.

Berthe erinnerte sich an einen Film, es war viele Jahre her, dass er zu später Stunde im Fernsehen gezeigt wurde. War er in Frankreich gedreht und spielte nach dem Ersten Weltkrieg? Einzelheiten hatte Berthe ungenau oder gar nicht im Gedächtnis; unvergesslich beeindruckt hatte sie das Schicksal der Hauptperson: ein ehemaliger Soldat, der so verwundet wurde, dass er wie eine Mumie bandagiert im Bett liegen musste, blind, gelähmt, stumm. Ob er noch hören konnte, war Berthe entfallen; womöglich war er auch taub. Nur sein Geist, die Fähigkeit, ja der Zwang, seine grauenvolle Lage zu empfinden, die Schmerzen fühlen und alles immer wieder bedenken zu müssen, waren ihm geblieben, jedoch ohne die Gnade, sich jemandem mitteilen zu können. Allein lag er in einem Zimmer und wurde von einer Krankenschwester, die nur für ihn da zu sein schien, gepflegt. Dieser Film war eine Anklage gegen den Krieg, aber wohl auch als Mahnung gedacht, einen Menschen, der innerlich danach schreit, sterben zu lassen.

Berthe wusste nicht mehr, auf welche Weise der Zuschauer die Gedanken dieses Mannes übermittelt bekam; als Handlungsort hatte sich ihr nur der Krankenraum eingeprägt, ein Arzt oder zwei kamen auch darin vor und eben diese Schwester, die für den Unglücklichen der einzige Mensch war, an den sich seine Phantasie klammerte, seine Hoffnung, sein Verlangen nach Liebe. Mit unendlicher Anstrengung gelingt es ihm allmählich, durch schwache Bewegungen eine Verständigung mit ihr herzustellen, bis er es schafft, ihr einen Wunsch mitzuteilen: Man möge ihn als Mahnung gegen den Krieg auf Jahrmärkten zeigen.

Berthe würde diesen Film gern noch einmal sehen, aber sie wusste ja nicht einmal mehr den Titel. Sie war sicher, dass er sie bei der Wiederholung nicht weniger beeindrucken würde als damals, und sie wäre neugierig, wie viel darin anders war als in ihrer Erinnerung. War die Klage gegen das Diktat, einen um Tod Flehenden partout am Leben zu erhalten, im Film angelegt, oder hatte sie es nur so gesehen? Und warum hatte sie es so gesehen? Vielleicht war der innigste Wunsch des Filminvaliden gewesen, sterben zu dürfen, und erst nachdem ihm das verweigert wurde, wenigstens als abschreckendes Beispiel zu dienen. Jedes Bild, jede Geschichte veränderte sich in der Phantasie, vermischte sich mit den jeweiligen Wünschen und Ängsten. Und für Berthe war das Entsetzlichste, was sie sich vorstellen konnte: gelähmt und unselbständig zum Leben gezwungen werden.

47.

Mit Hilfe ihrer Schützlinge hatte Erna ein Haus mit mehreren leer stehenden Wohnungen, das der Stadt gehörte, ausfindig gemacht; dort könnten die Obdachlosen unterkommen. In den

Nächten wurde es bereits empfindlich kalt, aber die Bürokratie behielt den Rhythmus der Nicht-Betroffenen bei.

»Diese Umständlichkeit!«, stöhnte Erna.

Sie las wieder Irmtraud Morgner, ›Amanda‹.

»Was diese Frauen alles wagen!«

»Das ist doch nur Phantasie«, wandte Berthe ein.

»Hast du etwas gegen Phantasie?«

Berthe lachte.

»Mach dich nur lustig«, sagte Erna. »Was wären alle schönen Bücher ohne Phantasie, die der Morgner besonders. Ohne sie hätte ich wahrscheinlich heute noch keinen Ausweis. Man muss schon was riskieren, wenn man was ändern will.«

Berthe wurde hellhörig.

»Du willst doch nicht etwa wieder –« Die Angst vorm Entdecktwerden war für sie noch immer nicht ausgestanden.

»Wir sind doch schlau«, sagte Erna.

»Keine Überschätzung, bitte!«

»Und mutig!«

Berthe wurde ganz flau im Bauch. Da sollte wieder ihr Gewissen gegen ihre Feigheit ausgespielt werden.

»Was hast du vor?«

»Meine Obdachlosen erfrieren, wenn wir nicht bald die Genehmigung für die Wohnungen kriegen.«

»Aber ihr kriegt sie doch!«

»Höchstwahrscheinlich. Aber wann?«

»Kannst du nicht nochmal 'n bisschen Dampf machen? Legal, meine ich.«

»Mach ich doch dauernd. Aber das nützt nichts. Nicht mal, um mich loszuwerden, beeilen die sich. Immerzu müssen sie die ›Angelegenheit‹ erst noch zu einer anderen Stelle ›weiterleiten‹, ich weiß nicht, zur wievielten inzwischen. Ehe die alle durch sind, haben wir Frühjahr!«

»Demokratie ist mühsam«, sagte Berthe.

»Und manchmal hinderlich«, sagte Erna. »Bloß nicht vom vorgeschriebenen Ritus abweichen, auch wenn andere dabei vor die Hunde gehn.«

»Das ist nicht die Demo-, das ist die Büro-kratie.«

»Das gehört doch zusammen.«

»Bürokratie hatten wir früher auch; die Ausführenden. Die sitzen sicher und müssen umsetzen, was andere sich ausgedacht und entschieden haben, ob sie damit einverstanden sind oder nicht. Phantasie ist da eher im Wege. Das animiert nicht gerade, sich zu beeilen.«

»Die zu entscheiden haben, sind doch auch nicht schneller. Wenn endlich jeder seine Meinung in die Suppe gequirlt hat, ist sie meist schon kalt. Ein bisschen Diktatur wäre da manchmal ganz nützlich.«

»Ahnte ich's doch! Ein bisschen. Ein bisschen Terror.«

»Na, na! Nicht gleich übertreiben!«

»Und wer darf sich anmaßen, für alle zu entscheiden?«

Erna seufzte. »Du weißt doch, worum es hier geht.«

»Also: Was hast du vor?«

»Hast du schon mal erlebt, dass sich jemand einen Ausweis, den er vorgehalten kriegt, genau anguckt?«

Berthe zögerte, musste dann aber zugeben, dass es normalerweise nicht vorkam.

»Vor einem Ausweis stehn die Leute stramm. Wir brauchen nur jeder so'n kleines Kärtchen, als kämen wir von einer Behörde, und ein Schreiben, in dem steht, welche Wohnungen für die Obdachlosen vorgesehen sind. Damit holen wir uns die Schlüssel.«

Berthe stöhnte. »Muss das sein?«

»Es muss sein.«

»Und wenn es rauskommt, werfen sie euch wieder auf die Straße!« Berthe hoffte noch immer, sie könnte sich drücken.

»Wenn es rauskommt, sorge ich dafür, dass die Leute drin bleiben. Dann müssen sie ein ›Räumungsverfahren‹ einleiten, und bis das durch ist, haben wir die Genehmigung.«

Also wieder Verkleidung, diesmal auch andere Namen, Fotos, die dazu passten. Und schnell musste es gehen, für die kommenden Nächte war bereits Bodenfrost angesagt. Berthe hätte lieber warme Kleidung und Decken für die Obdachlosen gesammelt, aber Erna war unerbittlich. Und, musste sich Berthe eingestehen, Erna war konsequent; nur so konnte sie ihren Schützlingen wirklich helfen.

48.

Die fotobestückten Karten, die sie in durchsichtige Plastehüllen gesteckt hatten, hielten sie dem Hausmeister wie einstudiert gleichzeitig hin, in einer Höhe, die ihm ein Lesen ermöglicht hätte. Mit ernster Miene sah der Mann auf die vorgeblichen Dokumente, nickte und las dann kurz die Anweisung, die Berthe auf einen amtlichen Vordruck getippt hatte, den Erna nebst Stempelaufdruck aus der Behörde hatte mitgehen lassen. Berthe behielt das Schreiben zwischen Daumen und Zeigefinger; zum Zeichen, dass er die höhere Gewalt anerkenne, begradigte der Mann seinen Rücken und nickte abermals.

Da Erna bereits früher mit ihm gesprochen hatte, musste das jetzt Berthe übernehmen. Erna knurrte nur ab und zu ein Hm, und wenn sich Sprechen gar nicht umgehen ließ, redete sie bedächtiger als sonst und mit tiefer Stimme.

Heute ließ es sich der Hausmeister nicht nehmen, die beiden Frauen selbst in die Wohnungen zu führen. Genüsslich wies er auf Defekte hin und erklärte, wie sie behoben werden könnten. Die Obdachlosen nannte er abwechselnd Bettler oder Stadtstreicher. Erna musste Berthe davon abhalten, zu protestieren.

»Die Instandsetzung müssense in sonem Fall schon selber übernehm'. Vielleicht bezahlt's ja das Amt.«

Er lächelte süffisant.

»Oder die Herren und Damen, die hier einziehn wolln, machen das. Ooch unter die solln ja manchmal jeschickte Leute sein, wennse nich besoffn sinn.«

Berthe hielt ihre Hand fest in der Manteltasche, weil es sie nach einer Ohrfeige gelüstete.

Ernas Schützlinge malten, reparierten, schleppten alte Möbel und Matratzen, die Erna bereits organisiert hatte. Auch Berthe fand einiges, was sie entbehren konnte: Geschirr, Bettwäsche, eine Decke, alte Elektrogeräte, die sie nach einer Neuanschaffung nicht hatte wegwerfen mögen, weil sie noch funktionierten. Sie zögerte, ob sie eine große Keramikteekanne dazustellen sollte. Wann sie die das letzte Mal benutzt habe, fragte Erna. Berthe wusste es nicht mehr. Diese ewigen Skrupel, wenn es galt, sich von etwas zu trennen. Man könnte es ja vielleicht irgendwann zu irgendwas doch nochmal – Spuren der Kriegs- und Nachkriegsjahre. Schon längst lebten sie in der ausdrücklich so benannten Wegwerfgesellschaft, gegen deren Verschwendungsideologie sich Berthe sträubte. Also doch gut, dass sie die Sachen nicht weggeworfen hatte.

49.

Ein Anruf aus Köln machte all diese Überlegungen unwichtig: Berthes Schwester sei gestürzt und liege im Krankenhaus, teilte ihre Nachbarin mit.

Hertas weitaus älterer Mann war schon lange tot, Kinder hatten sie nicht; Berthe war die einzige nahe Verwandte. Unlängst noch in verschiedenen Deutschlands lebend, hatten sich die Schwestern nur selten gesehen; Briefe, Glückwunschkarten, in den letzten Jahren öfter mal ein Telefonat, waren als Verbindung geblieben. Früher auch Pakete. Herta und ihr Mann hatten zu Weihnachten und zu den Geburtstagen immer große Pakete mit Südfrüchten, Schokolade, Jeans und anderen Köstlichkeiten, die in der DDR schwer zu haben waren, geschickt; für Ruth und Selma waren Tante Herta und Onkel Benno eine Art Wunder-Verwandtschaft, die sie nur von Fotos kannten und an die sie manchmal – nach mehrmaligen Ermahnungen – Dankesbriefe schreiben mussten. Als der Schwager starb, hatten die DDR-Behörden Berthe die Fahrt zur Beerdigung verweigert. Aber zu Heinrichs Beisetzung war Herta auch nicht gekommen.

Berthe versuchte zu erfahren, wie dringend ein Besuch bei ihrer Schwester war. Hertas Nachbarn fanden heraus: Chirurgie. »Wahrscheinlich das Bein gebrochen«, sagte die Nachbarin. »Uns geben sie ja keine Auskunft.«

Intensivstation. Nicht mehr Intensivstation. Nein, Telefon habe Frau Schröder nicht am Bett. Berthe konnte nur immer wieder Grüße ausrichten lassen. Erst nach einer Woche hatte sie die Stationsärztin am Apparat. Sie bestätigte eine Oberschenkelfraktur, die Heilung komme aber gut voran. In der nächsten Woche werde Frau Schröder vermutlich auf eine andere Station verlegt.

Weshalb?

Es gebe da noch ein neurologisches Problem –

Berthe war so überrascht, dass sie nicht nachfragte. Hinterher ärgerte sie sich darüber, aber auch über die Ärztin. Was sollte ein medizinischer Laie wie Berthe mit einem ›neurologischen Problem‹ anfangen? Also wieder telefonieren.

Von der neurologischen Station Andeutungen, bis eine der Schwestern sagte, Berthe möge doch bitte ihre Adresse und Telefonnummer durchsagen; der behandelnde Arzt wolle sie sprechen, weil für Frau Schröder ein Pflegeplatz beantragt werden müsse.

Berthe murmelte Grüße an Herta und legte auf. Wählte neu. Verlangte den behandelnden Arzt. Dringend.

Eine halbe Stunde später rief er sie an. Das Wort Schlaganfall besetzte Berthes Kopf. Ihre Schwester sei teilweise gelähmt, könne nicht sprechen, eine Rückkehr in ihre Wohnung sei nicht möglich.

»Sagen Sie ihr, ich komme«, sagte Berthe.

50.

Da lag eine Frau, wie Berthe sie ähnlich nur von Fernsehberichten über psychiatrische Krankeneinrichtungen kannte. Ihre Schwester Herta. Immer wieder hatte sich Berthe vorgestellt, welcher Anblick sie erwarten könnte, deshalb war sie jetzt im Stande, sich kein Erschrecken anmerken zu lassen. Nur Mitgefühl. Aber auch das durfte sie nicht in einer Tonlage äußern, die Herta auf andere Weise deutlich machen würde, wie sie sich verändert hatte. Keine falsche Munterkeit also, aber auch nicht so tun, als ob sie ein krankes Kind vor sich hätte.

Hertas Mund stand halb offen, dahinter war die Zunge zu sehen; ein dünner Schlauch führte in die Nase und war mit Pflastern überm Mund und an der Nase befestigt. Die Augen, die Berthe traurig ansahen, schienen größer geworden. Berthe streichelte ihre Schwester, sagte ihr, warum sie erst heute gekommen war. Herta gab keinen Laut von sich, reagierte auch nicht auf andere Weise, wenn Berthe sie etwas fragte, sondern sah sie nur an, als wollte sie sagen: So sieht das Leben aus, wenn es einen kaputtgeschlagen hat. Sei froh, dass du noch so munter sein kannst. Vielleicht auch: Ich beneide dich.

Am Telefon hatte der Arzt zu Berthe gesagt, Frau Schröder schätze wohl selbst realistisch ein, dass sie nicht mehr nach Hause könne. Warum reagierte Herta jetzt überhaupt nicht auf Berthes Angebot, in Berlin einen Heimplatz für sie zu suchen? Dort könne sie sich um alles kümmern, nach Köln könne sie doch nur selten kommen. Es blieb bei diesem traurigen Blick, der auf Berthe wie ein Vorwurf wirkte, der manchmal auch abschweifte, als wolle Herta mit alldem nichts zu tun haben. Begriff sie überhaupt, worum es ging?

Herta hatte keine Zähne mehr. Brav und arztgläubig hatte sie sich die schon vor mehr als einem Jahrzehnt allesamt ziehen lassen, weil damals der Verdacht auf Gicht oder Rheuma bei ihr aufkam und es gerade Mode war, die Zähne dafür verantwortlich zu machen. Die Prothese hatten sie ihr aus dem Mund genommen, dadurch quoll die Zunge bis an die Lippen und verstärkte den Eindruck einer hilflosen Alten.

Hertas Stirn war glatt und wohlgeformt; die ergrauten Haare hatten die Schwestern nach hinten gekämmt, was Berthe besser gefiel als die schwarz gefärbten Löckchen, die sich Herta früher in die Stirn gekämmt hatte.

»Dein Haar ist noch so schön«, sagte Berthe und strich mit ihren Fingern darüber. »Weißt du noch, dass unsere Mutter meine Kopfhaut immer eingerieben hat, damit die Haare so kräftig würden wie deine? Genützt hat es nicht viel, ich habe noch immer dieses dünne Gezuppel.«

Herta rührte sich nicht. Verstand sie, was Berthe sagte?

Das Bett hatte seitlich eine Einfassung, die höher war als die Matratze, wie bei einem Kinderbett. Berthe streichelte Hertas vom Rheuma verkrümmte Hand. Die Fingernägel müssten geschnitten werden, dachte sie. Hertas linker Arm lag still, während sie sich mit der rechten Hand manchmal ins Gesicht fuhr, als störe sie da etwas. Mit einem feuchten Lappen tupfte Berthe ihr das

Gesicht ab, was Herta sich gefallen ließ, aber auf die Frage, ob es ihr angenehm sei, reagierte sie wieder nicht. Doch als Berthe noch einmal auf eine mögliche Übersiedlung in ihre Nähe zurückkam, hakte Herta plötzlich ihren Zeigefinger um den Schlauch und begann erregt daran zu zerren.

Berthe bat die Schwestern um Hilfe. Andere Patienten, sagte die Stationsschwester, machten das häufig, aber Frau Schröder sonst nie. Sie sei immer lieb und ruhig. Und dass sie nicht reagiere, verstehe sie auch nicht; mit ihnen rede sie immer.

»Ein bisschen kann sie doch sprechen.«

Berthe bat eine der Schwestern mitzukommen, und wirklich, auf deren Ansprache ging Herta ein. Berthe war ratlos. Ohne Hertas Zustimmung konnte sie sich doch nicht um einen Pflegeplatz für sie bemühen – und wiederum, bliebe sie hier, wer würde sie besuchen? Herta hatte ganz zurückgezogen gelebt, nur wenig mit Nachbarn und Verkäuferinnen geredet; sie hatte keinen Bekanntenkreis, keine Freundinnen, auch zu ihren ehemaligen Kollegen hatte sie kaum noch Verbindungen. Dabei konnte sich Berthe nicht vorstellen, dass Herta unbeliebt war; ruhig, freundlich, tolerant und für Hinterhältigkeiten völlig unbrauchbar, kannte sie ihre Schwester. Aber sie hatte sich wohl nie um andere Menschen bemüht. Dem Wunsch ihres Mannes, sie ganz für sich zu haben, hatte sie sich offenbar widerstandslos gebeugt. Im Urlaub war das Ehepaar einige Male in ein nicht weit entferntes Heilbad gefahren, ruhig war es dort, und sie wurden gut beköstigt; ansonsten hatten Fernseher und Tageszeitung für ihre Unterhaltung und ihr Wissen von der Welt gesorgt. Da Benno Fußball und Tennis bevorzugte, hatte auch Herta sich dafür am meisten interessiert; das änderte sich auch nicht, als ihr Mann gestorben war. Die wenigen Bücher, die sie besaßen – das hatte Berthe bei ihrem Besuch vor zwei Jahren festgestellt –, hatte sie ihnen geschickt. Sie war nicht sicher, ob Herta oder ihr Mann sie gelesen hatten.

Als das Rheuma schlimmer wurde, bewegte sich Herta kaum noch von der Stelle, nahm nur die verordneten Medikamente ein und wartete offenbar immer darauf, dass andere etwas mit ihr anstellten. Was hatte sie nur derart passiv werden lassen? Ihr Fremdsprachentalent, das Berthe, die das Mathematische bevorzugte, immer bewundert hatte, wäre eine gute Voraussetzung für ein Dolmetscherstudium gewesen; ihre Englischkenntnisse nutzend, hatte Herta in einem Haushalt von in Deutschland lebenden Amerikanern gearbeitet. Was sie danach gemacht hatte, wusste Berthe nicht einmal genau. Und aus der Art, wie Herta in den letzten Lebensjahren ihres Mannes über ihn gesprochen hatte, konnte Berthe schließen: Sein Tod war eine Erleichterung für sie gewesen. Eigentlich ein armseliges Leben, hatte Berthe oft gedacht. Nun, da ihrer Schwester so abrupt jegliche Selbständigkeit genommen war, verstärkte es ihr Mitleid. Nicht einmal das war Herta möglich zu denken: Es ist zwar traurig, dass mein Leben in dieser Weise endet, aber bis dahin ist es reich und lebenswert gewesen.

Als der Stationsarzt kam – ein noch junger Mann, derjenige, mit dem Berthe telefoniert hatte –, wandte sich Herta ihm zu. Doch als er sie fragte, ob sie einverstanden sei, in der Nähe ihrer Schwester in ein Heim zu kommen, das sei doch das Vernünftigste, reagierte sie wieder nicht. Der Arzt sprach freundlich mit ihr, die ihn nur ansah, wie sie vorher Berthe angesehen hatte. Schließlich fragte der Arzt:

»Frau Schröder – haben Sie verstanden, was wir Sie gefragt haben?«

Zum ersten Mal nickte Herta ein wenig und antwortete etwas, das wie »doch, doch« klang.

Sie könne die Zunge nicht bewegen, erklärte der Arzt. Das Sprachzentrum sei aber nicht betroffen.

Berthe mochte Herta wegen der Übersiedlung nicht weiter in

Bedrängnis bringen. Sie solle sich jetzt nicht unter Druck gesetzt fühlen, sagte sie, sondern in Ruhe überlegen; der Arzt und die Schwestern würden ihr Bescheid geben.

Der Arzt bat Berthe, mit ihm hinauszukommen, was ihr nicht angenehm war, weil sie ohne Hertas Beisein nicht gern über sie sprach. Ihr Empfinden wehrte sich gegen diese Art der Entmündigung.

Der Schlaganfall, in dessen Folge Frau Schröder gestürzt sei, habe nicht allein zu dem Zustand geführt, in dem sie sich jetzt befinde, sagte der Arzt; durch zu hohen Blutdruck seien da bereits mehrere kleine Schlaganfälle vorausgegangen; ihr Gehirn sei über ihre Jahre hinaus gealtert.

Berthe hielt den Atem an. Altersdemenz, dachte sie.

Vielleicht sei Frau Schröder gar nicht mehr in der Lage, darüber zu entscheiden, was für sie das Günstigste sei, und da sie ohnehin weder richtig sprechen noch laufen, noch schreiben könne, müsse ein amtlicher Betreuer für sie bestellt werden. (So hieß das also jetzt: nicht Vormund, sondern Betreuer.)

»Es sei denn, Sie übernehmen das, wozu ich Ihnen raten würde.«

Erst jetzt begriff Berthe das Ausmaß von Hertas Behinderung. Bis hierher hatte sie gehofft, alles Notwendige mit ihr ›bereden‹ zu können. Sie hatte sich überlegt, wie eindeutig sie die Fragen an Herta formulieren müsste, damit als Antwort nur ein Nicken oder Kopfschütteln nötig wäre. Die Beweglichkeit der Zunge sei wieder erlernbar, hatte der Arzt noch an Hertas Bett gesagt. Nun kam heraus: es ging viel mehr um ihren Verstand.

»Ich muss das alles erst mal verdauen«, sagte Berthe.

Die Sozialarbeiterin, mit der sie das alles regeln müsse, komme sowieso erst in der nächsten Woche vom Urlaub zurück; bis dahin könne sie es sich ja überlegen.

Berthe bedankte sich und ging zu ihrer Schwester zurück.

51.

Eigentlich hatte sie ein paar Tage bleiben wollen, aber der Gedanke, jetzt in Hertas Wohnung übernachten zu müssen, ließ Berthe schaudern. Lieber wiederkommen. Sie erreichte einen Zug, mit dem sie um Mitternacht zu Hause sein konnte.

Am liebsten hätte sie im Halbhell des Großraumwagens bis Berlin geschlafen, so erschöpft fühlte sie sich. Die Zuggeschwindigkeit schien sie auch eher zu lähmen als wach zu halten, aber ihr Gehirn ließ Schlaf nicht zu. Das Erlebte des abgelaufenen Tags wie in einer Lauftrommel wiederholend, bekam es mit den Überlegungen, die sich dazu einstellten, allmählich ein anderes Gesicht.

Es war doch möglich, dass Herta sie gar nicht erkannt hatte. Ihr Hirn hatte sich bemüht herauszufinden, wer das wohl sein könnte, die da auf sie einsprach und nach einer Antwort verlangte. Vielleicht würde Herta sie später, wenn Berthe sie öfter besuchte, zwar wieder erkennen, aber nicht wissen, dass sie ihre Schwester war. Das konnte auch bedeuten, sie begriff das Ausweglose ihrer Situation gar nicht, was tröstlich für sie wäre. Aber Berthe wäre dazu verdammt, tatsächlich wie über eine Entmündigte über sie zu entscheiden.

Die Vorstellung, dass ihre Schwester vielleicht gar nicht mehr wusste, dass sie ihre Schwester war, hatte für Berthe nichts Kränkendes. Vielmehr beschäftigte sie die Frage, weshalb sie nie ernsthaft in Erwägung gezogen hatte, dass ihr eigener Verstand sie beim Altwerden im Stich lassen könnte; immer nur hatte sie dabei an ihren Körper gedacht. Der makabre Slogan ›Alzheimer lässt grüßen‹, den sie und ihre Freundinnen flott und selbstironisch gebrauchten, wenn ihnen etwas nicht gleich einfiel, hatte Berthe zwar manchmal kurz erschrecken lassen; ernsthaft damit beschäftigt hatte sie sich mit dieser Möglichkeit nicht. Ihr Zögern, sich ein Pulver herzustellen, mit dem sie sich notfalls umbringen könnte, zeigte doch deutlich genug, dass sie, was ans End-Gültige mahnte, hinausschob. Herta war nur fünf Jahre älter als sie. Nun konnte sich Berthe damit beruhigen, dass ihr Blutdruck nicht zu hoch, sondern zu niedrig war, dass sie sich möglichst viel bewegte, Rolltreppen verschmähte und stattdessen die Stufen hinaufstieg, während Herta alles genutzt hatte, was ihr bequemer erschien. Als ihr Mann krank wurde, hatte sie für jeden Besuch in der nahe gelegenen Klinik und zurück ein Taxi benutzt.

Doch eine Sicherheit, lange gesund zu bleiben, gab Berthes Lebensweise auch nicht. Sollte sie eines Tages erfahren, dass sie zu denen gehörte, deren Gehirn langsam, aber unaufhaltbar zerstört wurde – wie würde sie sich verhalten? Tapfer so schnell wie möglich Schluss machen? Oder vielleicht doch sich einreden: Ein Weilchen noch, solange es erträglich ist – Würde sie dann noch das Erschrecken anderer erkennen, denen die Veränderung nicht wie ihr selbst durch die täglichen Minischritte verschleiert wurde, sondern die aus größerem Abstand den Verfall deutlich sahen?

Wenn die Rede davon war, in Würde zu altern, würdig zu sterben, hatte Berthe immer genickt. Heinrich war es nicht vergönnt, wirklich alt zu werden; durch sein erzwungenes Ausscheiden von der Universität hatte er sich ent-würdigt gefühlt, was die todbringende Krankheit vermutlich befördert hatte. Unwürdig gestorben war er nicht. Was hieß das überhaupt, Würde? Entsprang das nicht dem uralten Wunsch und Fehl-Urteil, der Mensch möge etwas Besseres, Höherstehendes sein als das Tier? Tiere konnten sich nicht würdelos verhalten; wurden sie nicht von Menschen gepflegt, starben sie, wenn sie so krank waren. War ein Mensch unfähig, sich selbst zu waschen, zu kleiden, zu essen und an gesondertem Ort das Unbrauchbare selbstkontrolliert auszuscheiden, lallte er nur noch scheinbar zusammenhanglos, anstatt einigermaßen logisch Gedachtes verständlich zu äußern, wurde das als eines Menschen unwürdig empfunden.

Hertas Zustand empfand Berthe als traurig, aber keinesfalls als würdelos. Dennoch wollte sie nicht, dass sie selbst so daläge, gefüttert, gewaschen und gewindelt wie ein Säugling, ohne die Aussicht, dass sich das noch einmal ändern würde, bevor sie starb. Konnte sie das verhindern? Hätte Herta lieber sterben wollen als so ihr Lebensende verbringen? Die Hoffnung davonzukommen übertölpelte den Verstand, machte tatenlos.

Wahrscheinlich musste man sehr alt werden, bevor man gelassen sagen konnte: Nun ist es genug.

52.

Ein Lastauto, das stundenweise gemietet werden konnte, stand vor der Haustür. Berthes Nachbarn aus dem Seitenflügel zogen nun doch aus. Bevor das Haus in Stand gesetzt war, würde vermutlich hier keiner wieder einziehen.

Berthe zwang sich, nicht länger zuzusehen, wie Stühle, Schränke und Kisten im Auto verstaut wurden. Wohin zogen die Leute? Was wusste sie überhaupt von ihnen? Ein paar Jahre hatten sie immerhin hier gewohnt. Neben ihr.

Es zog sie doch wieder zum Fenster. Sie befestigten gerade die Planen, um wegzufahren. Alles konnte das nicht gewesen sein, sie würden sicher nochmal kommen. Sollte sie sich wenigstens verabschieden von ihnen, schnell einen kleinen Blumenstrauß kaufen und Glück wünschen für die neue Behausung? Wie oft schon hatte sie solche Ideen nicht ausgeführt; Hemmungen, die Furcht, aufdringlich zu wirken, eher Kopfschütteln hervorzurufen als Freude. Meist dachte sie so lange darüber nach, bis es zu spät war.

Früher war sie rascher gewesen in ihren Entschlüssen, da hatte sie gar nicht so viel Zeit gehabt, über so etwas nachzudenken. Obwohl damals alles gemächlicher lief, nicht so oft sich änderte. Wie viele Läden wurden in den letzten Jahren allein in dieser Straße eröffnet, wie viele Geschäftsleute mussten ihre Hoffnungen wieder einsargen, ›Räumungsverkauf‹ und Schluss; andere versuchten es neu, hatten vielleicht besser kalkuliert. Berthe kam nicht mehr nach, es lag sicher nicht nur am Alter. Oder hatte ihr Bedürfnis nach Gewohntem zugenommen? Was man kannte, machte nicht so viel Angst; der Wunsch nach Schutz, nach einer gewissen Sicherheit ließ sich nicht leugnen. Mit dem Nachdenken mehrten sich die Zweifel. Da half nur: etwas tun. Erna ließ ihr ohnehin keine Ruhe.

Aber heute wollte der Motor nicht anspringen. Der Himmel war unsichtbar über einem gleichmäßigen dicken Grau, das auch in den Straßen hing, es wollte und wollte nicht weichen, es war niederdrückend. Was scherten sie die jungen Leute, die auszogen, wichtiger waren die, die blieben. Und über die ärgerte sie sich oft genug.

Unter Berthes Küche befand sich der Hausflur. Das Gewicht, das über der Tür zum Hof angebracht war, damit sie abgebremst zufiel, funktionierte nicht mehr. Im Sommer knallte sie zu, auch nachts; die durchgingen, schien das nicht zu stören. Ein paar Mal hatte Berthe beim Hausverwalter angerufen; sein Versprechen, es ändern zu lassen, wurde nie erfüllt. Jetzt, da es kalt war, blieb die Tür offen, wenn sie nicht ausdrücklich zugeklinkt wurde. Berthe befestigte ein Pappschild, mit mehreren Reißnägeln, damit es nicht so leicht abgerissen werden konnte. Sie machte die Benutzer aufmerksam, dass über dem Hausflur Wohnräume lagen, ›und die Energiekosten sind hoch. Bitte schließen Sie deshalb die Tür!‹ Nach ein paar Tagen waren die oberen Reißnägel entfernt, nicht viel später das Schild abgerissen. Jedes Mal, wenn Berthe durch den Hausflur ging, schloss sie die Tür, spätabends ging sie extra noch einmal hinunter, um sie zuzumachen. Manchmal hätte sie heulen mögen vor Wut über so viel Grobheit, Rücksichtslosigkeit, Dummheit, Gleichgültigkeit, Bequemlichkeit. Hätte sie denn lieber in einer Gegend gewohnt, in der die Leute die Justiz bemühten, um ihren Ärger auszutragen? Letztlich mochte Berthe die Menschen, die sich nicht besser dünkten als andere; die nicht gelernt hatten, ihre Aversionen hinter Floskeln zu verbergen. Etwa den arbeitslosen älteren Bauarbeiter, dessen Frau vor zwei Jahren am Brustkrebs gestorben war. Berthe hatte sie früher ein paar Mal mit einem blau geschlagenen Auge gesehen. Die beiden waren kinderlos; nun konnte der Mann sich nicht von seinem Hund trennen, der, altersschwach, nur noch mühsam hinter ihm her schlich und manchmal den Kot nicht halten konnte. Der Mann machte die Tür trotz Berthes Bitte fast nie zu. Sein Nachbar, kleiner als er und vielleicht schon Rentner, wohnte noch nicht so lange im Seitenflügel. Berthe wusste kaum etwas über ihn, sie sah ihn nur immer, sogar mehrmals am Tag, mit einem Stoffbeutel zum Einkauf gehen, offenbar stets Bier; Richtung und Geschäfte wechselte er, damit das Quantum nicht so auffiel. Im Sommer traf ihn Berthe oft auf einer Bank sitzend, wo er ein Fläschchen leerte. Es sah aber nicht aus, als ob ihn das befriedigte; er wirkte eher sorgenvoll, ernst. Das rote Gesicht des Mannes rührte wahrscheinlich vom Alkohol. Zu hoher Blutdruck. Er ließ aber die Tür nie offen stehen, auch an warmen Tagen nicht, dafür ließ er sie zufallen und -knallen, als wäre er taub. Oder die Frau, die etwa so alt war wie Berthe, die mit ihrem Mann immer so einträchtig untergehakt gegangen war, dass Berthe gerührt gedacht hatte: Die haben's geschafft, ihr Leben im Alter friedlich zu verbringen – bis sie, es war noch gar nicht lange her, die Frau auf der Straße traf, blass und allein, und sie Berthe sagte, vor ein paar Tagen sei ihr Mann ganz plötzlich gestorben.

»Das Herz. Und er war immer so besorgt um mich, weil ich doch Krebs hatte.«

Gut, dass die Tochter sich um sie kümmerte. Die machten die Tür bestimmt immer zu.

Jetzt krachte sie wieder. Berthe sah hinunter. Der Bauarbeiter. Er hatte die Tür aber nicht etwa zufallen lassen, sondern beim Aufstoßen gegen die Wand geknallt, sodass sie ein wenig zurückschwenkte. Irritiert wandte er sich um; es sah aus, als überlege er, ob er sich die Mühe des Zurückgehens und Zuklinkens machen solle, aber das war ihm wohl doch zu läppisch. Als er weitergehen wollte, klopfte Berthe heftig an die Fensterscheibe.

Er blickte auf, Berthe öffnete das Fenster und fragte, warum er die Tür nicht schließe.

Er tat es, meinte aber mit einem pfiffigen Gesichtsausdruck, heute seien doch fünf Grad!

»Möchten Sie vielleicht bei fünf Grad wohnen?«, fragte Berthe.

Nach kurzer Verblüffung antwortete er: »Da müssense ehm ausziehn!«, senkte seinen Kraushaarschädel wie ein Stier und ging weiter.

Am liebsten hätte Berthe ihm hinterhergerufen, vielleicht sei er derjenige, der ausziehen müsse, wenn er sich weiter so beneh-me! Sie empfand diese Rücksichtslosigkeit als Gewalt, gegen die sie sich hilflos fühlte. Sie dachte an die Frau, die er offensichtlich geschlagen hatte. Warum ließen sich Frauen so etwas gefallen, gingen nicht, wenn ihre Männer sie schlugen? Nun war sie ja gegangen. Für immer. Und er weinte, wenn er darauf angesprochen wurde. Vermutlich brauchte er jemanden, den er schlagen konnte. Jetzt bot sich Berthe mit der Tür dafür an. So wie er zu ihr gesagt hatte, sie könne doch ausziehen, hatte er seiner Frau vielleicht höhnisch versetzt, sie könne ja gehen, wenn es ihr nicht mehr passe mit ihm.

»Lass dich nicht provozieren«, riet Erna. »Wenn du nicht aufpasst, fixierst du deine Gedanken immer mehr auf diese blöde Tür, und der Kerl benutzt es, um dich fertig zu machen.«

»Und unsere Küche wird zum Eispalast! Der richtige Frost kommt doch erst.«

»Lohnt es sich, dafür tagtäglich Schlachten zu schlagen? Deine Ruhe sollte dir wichtiger sein. Vielleicht lässt er es ja auch, wenn er merkt, du gehst nicht mehr darauf ein.«

53.

Frau Schröder habe sie sehr wohl erkannt, sagte der Arzt zu Berthe. Herta hatte nun auch ihrer Übersiedlung nach Berlin zugestimmt. »Natürlich«, habe sie nach einer erneuten Frage der Ärzte gesagt.

Ruth konnte Berthe ein Heim nennen, das nicht nur im Ruf stand, modern ausgestattet zu sein, sondern vor allem sehr fürsorgliches Personal zu haben. Ruth rief dort an, Berthe fuhr hin, schilderte die Lage ihrer Schwester und wurde vorgemerkt. »Sobald ein Platz frei wird«, hieß es. Wat dem een' sin Ul –

Die Ärzte meinten, Frau Schröders Gesundheitszustand verbiete es, dass sie jemals wieder nach Hause zurückkehren könne. Also hatte Berthe neben vielem anderen, was sie für Herta erledigen musste, auch deren Kölner Wohnung gekündigt. Doch der Richter, dem Berthe in allem, was Herta betraf, rechenschaftspflichtig war, behauptete, die Stationsärztin habe ihm etwas anderes gesagt. Dem Aufenthalt in einem Berliner Heim stehe nichts im Wege, aber für den Fall, dass es Frau Schröder wieder besser gehe, wolle er ihr die Möglichkeit offen halten, nach Köln zurückzukehren.

Es war ein Ferngespräch, und Berthe erlaubte sich eine Pause nach dem Schreck. »Heimkosten und Miete«, sagte sie dann, »dafür reicht ihre Rente nicht.«

»Da machen Sie sich keine Sorgen, das übernimmt die Stadt.«

»Köln scheint ja reich zu sein«, meinte Erna.

»Vollkommen wirklichkeitsfremd!«, stöhnte Berthe. Wie sollte sie eine so weit entfernt liegende Wohnung über längere Zeit erhalten? Für Einbrecher wäre sie geradezu eine Herausforderung: erste Etage und ein Balkon auf der baumbestandenen Gartenseite.

»Beamte haben eben keine Phantasie«, sagte Erna grimmig. »Man müsste sie mal in die gleiche Situation versetzen, die sie anderen zumuten.«

Ihre Stimme klang schon wieder, als dächte sie darüber nach, wie sie das bewerkstelligen könnte.

Heiter lächelte Herta ihrer Schwester entgegen, als sie von Sanitäter und Krankenschwester durch den Heimeingang gefahren wurde. Dieser Moment überwältigte Berthe derart, dass sie ihre Tränen nicht zurückhalten konnte, als sie Herta umarmte.

»Na, na!«, sagte die Krankenschwester. »Jetzt hier nicht noch weinen!«

Der resolute fröhliche Ton schien Herta zu gefallen. Er hatte ihr wohl auch die lange Fahrt erleichtert.

Draußen war es dunkel, die meisten Heimbewohner lagen bereits in ihren Betten, die Frau, die das Zimmer mit Herta teilte, schlief.

Berthe hatte leuchtend rote und gelbe Gerbera auf den Tisch gestellt und drei kleine Bilder über Hertas Bett befestigt. Eines davon, der Hase von Dürer, stammte aus ihrem gemeinsamen Elternhaus. Berthe war gespannt, ob Herta es wieder erkennen würde.

Das Krankengefährt wurde dicht ans Bett gerollt, Sanitäter

und Krankenschwester ergriffen die Zipfel des Lakens, auf dem Herta lag, und hoben sie mit geübtem Schwung auf ihr neues Lager. Berthe sah zum ersten Mal, wie dünn Hertas Beine geworden waren.

Kaum hatte die Heimpflegerin sie zugedeckt, die Arme mit den rheumaverkrümmten Händen behutsam über die Decke gelegt, ging Hertas Blick zu den Bildern. Zwei davon waren ungerahmt, Berthe hatte sie erst am selben Tag aus ihrer kleinen Sammlung von Kunstdrucken herausgesucht und nur mit Stecknadeln an der Wand befestigt: einen Farbdruck nach Renoir, zwei Schwestern oder Freundinnen darstellend, von denen eine ihren Arm um die Schulter der anderen gelegt hatte und sie liebevoll ansah. Herta betrachtete es besonders aufmerksam.

»Gefällt es dir?«

Herta nickte. Zwischendurch ging ihr Blick zu Dürers Hasen, aber auch das dritte Bild, eine skizzenhaft leichte Zeichnung von Corot, mit einer felsigen Landschaft, Gebüsch und Bäumen, einer Ziege und ihrem Hirten, besah sie sich interessiert. Dann wieder den Hasen, diesmal für länger.

Berthe nahm das Bild, das noch in den ursprünglichen schmalen schwarzen Rahmen gefasst war, von der Wand und hielt es so, dass Herta es gut sehen konnte.

»Kennst du es noch?«

Herta schien nachzudenken, sah fragend Berthe an, wieder das Bild, als ob sie das Erinnern anstrenge. Auf einmal kam eine Freude in ihr Gesicht und sie nickte.

»Das hat Vater unserer Mutter zur Verlobung geschenkt!« Berthe war so glücklich, etwas gefunden zu haben, was sie gemeinsam berührte. Das Bild noch in der Hand, beugte sie sich zu ihrer Schwester hinunter und küsste sie. Herta wollte es erwidern, aber ihre Lippen gehorchten ihr nur einseitig, und Berthe sah in ein unglücklich verzerrtes Gesicht, als sie sich wieder löste.

54.

Die Bürokratismen, die Berthe Tag für Tag Briefe, Telefonate, Gänge aufzwangen, brachten sie manchmal fast zur Verzweiflung. Da mussten Hertas Krankenversicherung, Pflegeversicherung, Rentenversicherung benachrichtigt, Hausrat-, Haftpflicht-, Unfallversicherung gekündigt werden; Berthe wurde aufgefordert, für ihre Schwester Rechnungen zu bezahlen, von denen sie nicht wusste, ob sie angemessen waren, und Herta war nicht mehr in der Lage, so etwas zu beurteilen; Hertas Bankkonten musste Berthe auflösen und neue für sie einrichten, und das Finanzamt drohte Frau Schröder mit Bußgeld, wenn sie nicht binnen eines Monats endlich ihre vorjährige Steuererklärung abliefere. Obendrein sollte Berthe sämtliche Ausgaben und Einnahmen mit Datum und Nachweis übersichtlich dokumentieren, damit das Gericht jährlich überprüfen konnte, ob sie die finanziellen Angelegenheiten ihrer Schwester auch ordentlich erledigt und sich nicht womöglich bereichert hatte. Als ob es nichts Wichtigeres zu tun gäbe.

Ruth war einverstanden, die ärztliche Betreuung ihrer Tante zu übernehmen. Berthe bat sie, ihre Erkenntnisse über Hertas Gesundheitszustand dem Richter mitzuteilen, damit der einsah, dass der Erhalt ihrer Wohnung sinnlose Verschwendung wäre und für Berthe eine zusätzliche Belastung, die man ihr nicht unnötig aufbürden sollte. Da das nach so kurzer Kenntnis der Patientin vielleicht bloß wie ein Gefälligkeitsgutachten wirken könnte, bat Berthe ebenso die Ärzte der Kölner Klinik, dem Juristen klarzumachen, was sie von der Möglichkeit hielten, dass Frau Schröder noch einmal in ihrer eigenen Wohnung lebte. Die Dauer bis zu einer gerichtlichen Entscheidung ahnend, verschob Berthe im Einvernehmen mit Hertas Wohnungsverwalterin den Kündigungstermin erst mal um einen Monat.

Da Herta bislang nur Schlafanzüge getragen hatte, kaufte Berthe ihr nach und nach ein Dutzend Nachthemden, die möglichst hübsch aussehen, aber nicht so teuer sein sollten. Wie Krankenhaushemden musste Berthe sie hinten aufschneiden und versäubern, dazu in sämtliche Kleidungsstücke eine Nummer einnähen, damit sie bei der Wäsche im Heim nicht verwechselt werden konnten. Bloß gut, dass sie eine Nähmaschine besaß.

»Bei dieser Arbeit kann man doch wenigstens einsehen, dass sie notwendig ist«, meinte Erna. Beklagte sich Berthe über die Bürokratismen, reagierte Erna nur mit Spott. Berthe fühlte sich unverstanden.

Anfangs war ihr die Erkenntnis nicht angenehm, aber sie konnte sich ihr nicht entziehen: Erna entfernte sich mehr und mehr von ihr. Oder sie sich von Erna? Sie war ihr lieb wie eh und je, aber immer öfter kam es vor, dass Berthe etwas für unwesentlich hielt, was Erna ungeheuer wichtig fand. Umgekehrt wagte Berthe nicht, mit Erna über etwas zu sprechen, was sie seit dem Zusammenbruch ihrer Schwester beschäftigte: die Angst, dass ihr selbst dergleichen passieren könnte. Allein der Gedanke, ihr Gedächtnis verlöre nicht nur kurz Zurückliegendes (das passierte jetzt schon oft genug, wenn sie sich etwas nicht bewusst eingeprägt hatte), sondern könnte auch Zusammenhänge nicht mehr herstellen, beunruhigte Berthe derart, dass sie gern mit jemandem darüber gesprochen hätte. Aber sie fürchtete, Erna wäre nicht bereit, ernsthaft darüber nachzudenken, würde stattdessen darauf aus sein, sie rasch und oberflächlich zu beruhigen. Erna war noch zu weit entfernt von solchen Bedrohungen, und Berthe hätte es schlecht ertragen, wenn etwas, das an ihre Existenz rührte, mit einer freundlichen Geste weggewischt würde. Dann lieber schweigen. Bei ihren Freundinnen, etwa Magda, mochte sie das Thema auch nicht anschneiden, weil sie ebenfalls Abwehr vermutete, wenn auch anderer Art. War es denn unvermeidlich, dass sie mit manchen Ängsten allein blieb?

55.

Ruth rief an: Sie und ihr Mann hätten beruflich zu tun; ob sie Berthe die Kinder bringen könne.

Berthe hatte ihrer Schwester versprochen, sie um diese Zeit zu besuchen. Sie wusste zwar nicht, ob Hertas Zeitempfinden noch die Wochentage registrierte, sie wollte sie jedenfalls nicht enttäuschen.

»Nimm die Kinder doch mit!«, empfahl Ruth.

Herta schien über so viel Besuch zu staunen, freute sich aber offenbar. Berthe schob ihr Rose ans Bett, die zögernd nach Hertas gekrümmter Hand griff und ihre Hände dann auf dem Rücken übereinanderlegte. Felix, der die Szene beobachtet hatte, wickelte umständlich die Blumen aus dem Papier. Den Strauß mit beiden Händen haltend, stellte er sich vor Berthes Schwester.

Da Herta ihm die Blumen nicht abnehmen konnte, griff Berthe danach. »Ich hole eine Vase.«

Ein wenig ratlos fanden sich die Kinder mit der Kranken allein. Dass sie nicht sprechen konnte, hatte ihnen ihre Mutter gesagt. Herta sah sie mit großen Augen an und folgte Roses Blick, der zu einem regelmäßig klickenden Apparat auf dem ausgeklappten Nachttisch ging. Fragend schubste Rose ihren Bruder an, der aber auch nur die Schultern heben konnte.

Die Zimmertür öffnete sich, herein kam mit leise weinendem Singsang eine alte Frau; sofort hinterher eine Pflegerin, die den erstaunten Kindern zuwinkte und die Frau bei den Schultern nahm. »Jetzt nicht«, sagte sie zu der Weitersingenden, die sich ohne Widerstand auf den Flur zurückbringen ließ.

Das sei Tante Hertas Zimmergefährtin gewesen, erklärte Berthe. Und der klickende Apparat sei eine Ernährungspumpe; eine cremefarbene Flüssigkeit tropfte langsam in einen durchsichtigen Schlauch, der unter Hertas Bettdecke verschwand. Durch die Lähmung könne Tante Herta auch nicht mehr schlucken.

»Schmeckt sie da was?«, fragte Rose.

Berthe sah ihre Schwester an. »Nein.«

Stumm machte Felix seine Schwester auf einen mit gelber Flüssigkeit halb gefüllten Plastesack aufmerksam, der seitlich an der hölzernen Betteinfassung hing; er ahnte wohl, dass es besser war, nicht in Gegenwart der Kranken danach zu fragen.

Wenn Felix und Rose bei der Großmutter übernachten durften, war das nicht nur für die Kinder eine begehrte Ausnahme und Abwechslung; was die Eltern als Entlastung genossen, freute Berthe, und ihre Enkel durften allerhand tun und unterlassen, was ihnen zu Hause versagt wurde.

Rose fragte nach Erna, doch die war heute mit ihrem Erikson verabredet. Rose war enttäuscht, vergaß es aber rasch, als sie zwischen zwei Lieblingsgerichten wählen durfte.

Unmittelbar nach dem Besuch im Heim hatten die Kinder geschwiegen. Jetzt meinte Felix, das sei doch eine ›tolle Technik‹, mit der Tante Herta ihre Mahlzeiten bekomme.

»Kann Tante Herta auch keinen Pudding essen?«, fragte Rose.

Berthe schüttelte den Kopf.

»Nie mehr?«

»Wahrscheinlich nicht.«

Felix überlegte, wie er etwas erfinden könnte, bei dem Berthes Schwester ohne zu schlucken wenigstens den Geschmack im Mund hätte.

»Was macht Tante Herta denn immerzu?«, fragte Rose. »Bloß liegen?«

»Musik hören. Fernsehen.«

»Darf sie immer gucken?!« Das fand Rose beneidenswert.

»Und lesen«, sagte Felix.

Berthe musste ihm sagen, dass ihre Schwester leider weder Buch noch Zeitung in ihren Händen halten konnte. Dass es ihr vermutlich auch nicht mehr möglich war, die Inhalte zu begreifen, verschwieg sie, weshalb Felix auf die Idee kam, Herta beim nächsten Besuch etwas vorzulesen.

Berthe war überrascht, dass er an eine Wiederholung des Besuchs dachte. Was ging in den Kindern vor? Vielleicht war nach dem ersten Zögern für sie alles viel natürlicher als für Erwachsene.

Eine ganze Weile, nachdem die Kinder endlich im Bett lagen, nach schmusigen Umarmungen, Küssen, Gutenachtwünschen, erzählten sie sich noch eins, anfangs leise, dann lauter werdend; sie stritten, kicherten, balgten, bis Berthe es doch für angezeigt hielt, Ruhe zu fordern. Wiederholung des Schmuserituals, das Versprechen, nun endgültig zu schlafen.

Berthe schloss leise die Tür, horchte der eingetretenen Stille nach. Sie ging in die Küche, ohne Licht zu machen, und öffnete das Fenster zum Hof.

Die Luft war frisch, aber nicht mehr kalt, die blattlosen Bäume bereiteten wahrscheinlich schon ihre Knospen vor. Der Himmel leuchtete dunkel und besternt; über dem künstlich belichteten Stadtdunst eine Seltenheit. Und Berthe konnte den nicht zu Ende denkbaren Gedanken (der eigentlich ein Gefühl war) nicht abwehren, ein kleines, ein winziges, aber dennoch nicht überflüssiges Teil dieser sich immerzu weiterbewegenden Welt zu sein; da drinnen die Nächsten, die bereits die Übernächsten waren, von unendlicher Dauer das Ganze, was nicht vorstellbar war, nur theoretisch begründet, und doch für sie (wie für alle Lebewesen, auch für ihre Enkel – später, viel später!) mit einem Ende versehen, das wiederum kein vollkommenes Ende war, nur ein leibliches, doch selbst das nicht vollständig, zum wenigsten blieb Asche. Wie merkwürdig, dieses Gefühl zu leben, mit dem Wissen vom unwiderruflichen Ende dieses Gefühls.

Noch war es ja nicht so weit, noch konnte Berthe sich auf das Frühjahr freuen, den Sommer, den Herbst, wenn auch seit ein paar Jahren immer mit der Frage: Wie oft noch?

56.

Mit ihrer Unterschrift musste Berthe dem Briefboten bestätigen, dass sie ein Schreiben der Kölner Justizbehörden erhalten hatte. Sie hoffte, dass es die Erlaubnis enthielt, Hertas Wohnung aufzulösen. Nach den beiden Gutachten konnte der Richter doch gar nicht anders entscheiden.

Gespannt öffnete sie das Kuvert.

Der Richter bestätigte den Erhalt von Ruths Schreiben und teilte Berthe mit, ›bezüglich der Wohnung‹ ihrer Schwester komme ›eine Erweiterung Ihrer Befugnisse derzeit nicht in Frage‹.

Berthe setzte sich, schloss die Augen, spürte, wie ihr Herz auf sie einschlug. Sie hatte das Gefühl, nicht genug Luft zu kriegen.

Am liebsten hätte sie sofort beim Absender angerufen, aber das war laut Briefvordruck nur bis 12 Uhr möglich. Eine Ahnung stellte sich ein, wie Menschen sich fühlten, bevor sie Amok liefen.

Sie musste sich bewegen, ging auf die Straße. Ohne Pistole.

Später rief sie bei Magda an, um etwas von dem Druck loszuwerden. Die Mit-Empörung tat gut, aber als die Freundin anfing, die Juristerei in Bausch und Bogen schlecht zu reden, wurde es Berthe zu viel.

Was Magda davon hielte, wenn sie die Wohnung auch ohne Erlaubnis des Richters aufgäbe. Dieser Gedanke war Berthe bei ihrem ziellosen Durch-die-Straßen-Laufen gekommen.

»Klar!«, sagte Magda. »Würd ich an deiner Stelle machen. Vor so einem Idioten darf man einfach nicht kuschen!«

Klang gut. Aber wenn es herauskam, brauchte Magda die Folgen nicht auszubaden.

Ruth riet zur Vorsicht, was Berthe auch wieder nicht recht war. »Zumindest noch ein Weilchen warten«, sagte Ruth. »Damit der Richter Zeit hat, das zweite Gutachten zu berücksichtigen.«

»Dann müsste ich die Wohnungsverwaltung nochmal bitten, die Kündigung zu verschieben. Die Nachmieter warten schon darauf, dass sie einziehen können.«

»Dann warten sie eben noch einen Monat länger.«

»Und ihr seid in den Osterferien!«, sagte Berthe. Ruth hatte ihr angeboten, mit dem Auto einen Teil von Hertas Sachen nach Berlin zu transportieren.

»Wir finden schon eine Möglichkeit.«

Berthe war noch immer aufgeregt, als Erna nach Hause kam.

»Du hast doch nicht etwa was anderes erwartet!? Der kann doch nicht so schnell zugeben, dass er im Unrecht ist!«

»Glaubst du, er bleibt auch beim Nein, wenn er beide Gutachten kennt?«

»Auf jeden Fall wird er sich Zeit lassen. Er braucht doch den Tausender pro Monat nicht zu bezahlen.« Das sagte Erna scheinbar ruhig, beobachtete aber Berthes Reaktion. »Du siehst hoffentlich ein, dass man gegen solche abgehobenen Rechthaberlinge etwas unternehmen muss!«

Berthe sah gar nichts ein. Ihr Hirn war schwarz vor Zorn und Hilflosigkeit.

»So was lohnt sich aber nicht mit irgendwelchen Beamten, die bloß ihr schäbiges bisschen Macht demonstrieren wollen. Bei den wirklich Mächtigen muss man ein Zeichen setzen! Dann wird es auch nicht nur in der Lokalpresse veröffentlicht. Die Banken –«

Berthe hielt sich die Ohren zu, während Erna unverdrossen weiterredete. Berthe gab es auf.

»– habe schon ein Kindermädchen und eine Schwiegertochter von so einem Herrn auf unsrer Seite. Die beiden meinen, sie schaffen es, mindestens noch drei, vier Ehefrauen und Töchter zu finden, die mitmachen.«

War Erna denn völlig übergeschnappt? Sie gedachte doch tatsächlich, das abgehobene Selbstverständnis von Bankern erschüttern zu können, indem sie sie zwang, während einer wichtigen Sitzung ihre kleinen Kinder oder Enkel zu beaufsichtigen.

»Beim ersten Mal genügen drei Kinder.« Ernas Blick schien gleichzeitig nach innen und in die Ferne zu gehen; Ernas Feldherrnblick nannte Berthe das. »Wenn es nur eins wäre, würde der Vater oder Großvater sich entschuldigen und mit dem Kind zurückziehen; die Sitzung könnte ohne ihn stattfinden. Sind es aber zu viele, verschieben sie das Treffen womöglich. Wir müssen erreichen, dass diese Herrschaften sich gezwungen sehen, beides zu vereinbaren: ihre Sitzung und die Versorgung der Kinder. Damit sie kapieren, dass das Leben nicht nur aus Geld besteht.« Erna sah Berthe wieder an. »Zu der hehren Runde gehört übrigens auch eine Frau. Aber die ist bezeichnenderweise kinderlos.«

»Meinst du nicht, dass sie versuchen werden, ihr die Aufsicht über die Kinder aufzuschwatzen?«

»Eine, die es geschafft hat, in diese Kreise aufzusteigen, wird sich doch nicht in die herkömmliche Rolle drängen lassen! Eigentlich«, spann Erna weiter, »müssten es Kinder von Sozialhilfeempfängerinnen sein. Die Mütter könnten in der Zwischenzeit Geld verdienen. Aber so was lässt sich noch nicht durchsetzen. Da genügen schon ihre Aufpasslümmel, diese Bodyguards, um die Frauen mit ihren Kindern rauszuschmeißen oder gar nicht erst reinzulassen. Notfalls Anzeige wegen Hausfriedensbruch.«

Als Idee fand das Berthe ja nicht schlecht. Aber Erna überspannte den Bogen, nahm sich Dinge vor, bei denen sie doch nur reinfallen konnte. Konnten. Denn natürlich sollte Berthe wieder mitmachen. Dazu hatte sie aber diesmal wirklich keine Lust. Man müsse nur genügend Frauen aus diesen Kreisen von der positiven Wirkung einer solchen Aktion überzeugen – das war doch beinahe unmöglich, weil die meisten von ihnen ihr Leben im Sinne ihrer Männer verteidigten. Erna verlor allmählich den Sinn für die Realität. Wie die Banker, wenn auch aus anderen Gründen. Aber Berthe mochte sich jetzt auf keinen Streit mit ihr einlassen. Lieber ließ sie sich von der Vorstellung einlullen, so etwas könnte man wirklich in die Tat umsetzen.

»Ich stelle mir vor«, sagte sie, »wie einer sein Enkelkind auf den Schoß nimmt, um es zu beruhigen, mit dem Bein wippend versucht er angestrengt dem Sitzungsverlauf zu folgen – und auf einmal breitet sich auf seinem Oberschenkel warme Feuchtigkeit aus –«

Erna kicherte: »Er wird zu Hause anrufen wegen einer frischen Hose – aber da wird sich niemand melden.«

»Dann schickt er eben seinen Chauffeur, je nachdem mit Hausschlüssel oder ins Hotel.«

»Aber wenn eins der Kinder in die Windel kackt und alle die Nasen verziehn, müssen sie vielleicht doch selber ran.«

»Ob da nicht auch der Chauffeur gerufen wird?«

»Du hast Recht: Die Chauffeure müssen einbezogen werden«, sagte Erna, als wollte sie es gleich notieren.

»Und die Sekretärinnen? Das Reinigungspersonal?«

»In solchen Instituten arbeiten Putzfrauen entweder abends oder ganz früh. Oder glaubst du, der Herr Bankchef hebt die Beine, damit unter seinem Schreibtisch saubergemacht werden kann?«

Berthe wurde ernst. »Ich glaube, wir können uns anstrengen, so viel wir wollen – die bleiben die Stärkeren und setzen ihre Interessen durch.«

»Willst du deshalb aufgeben? Darauf warten die doch bloß!« Erna schien sich Berthe vollkommen überlegen zu fühlen. »Nein – da muss man beharrlich dranbleiben, immer mehr gewinnen, die mitmachen, bis sich ein Konzept für mehr Lebensnähe und Gerechtigkeit bei den hohen Herrschaften durchgesetzt hat!«

Berthe, die Erna gern an den geringen Erfolg bei der Müllvermeidung erinnert hätte, ließ sie ihren Plan weiterspinnen. Wenn sie sich auf eine Auseinandersetzung einließe, würde sie nur den Kürzeren ziehen, das kannte sie. Gescheiter war es, Erna reden zu lassen und im entscheidenden Augenblick, wenn sie ihr Mittun forderte, nein zu sagen. Diesmal musste sie standhaft bleiben. Sonst würde Erna am Ende noch den Bundestag aushebeln wollen.

57.

Ruth und Erna halfen Berthe, die Wohnung ihrer Schwester leerzuräumen. Die drei Frauen arbeiteten zügig Hand in Hand, Berthe zögerte nur manchmal, wenn es ums Wegwerfen ging. Aber viel Zeit, darüber nachzudenken, blieb nicht; Berthes Vorstellung, dass man mit ihren Sachen ebenso rigoros verfahren würde, musste sich der Vernunft beugen, dem Druck, innerhalb von drei Tagen fertig zu sein und sich fürs Mitzunehmende auf das zu beschränken, was außer ihnen noch Platz fand im Auto.

Es war weit über Mitternacht hinaus, Ruth schlief bereits, Erna duschte sich, als Berthe auf ein Fotoalbum stieß. Herta oder ihr Mann hatten darin ohne erkennbare Reihenfolge und Ordnung eingeklebt, was sich an Fotografien angesammelt hatte: Leute, die

Berthe nicht kannte, von denen sie nicht einmal wusste, ob es Verwandte von Benno waren oder Freunde von Herta und ihm. Auf den meisten Bildern war Herta zu sehen, jung oder bereits älter, aber immer sah sie ein wenig traurig aus, was Berthe früher nie an ihr bemerkt hatte. Ob mit ihrem Mann oder im Laufe der Jahre mit verschiedenen Arbeitskollegen, auch wenn sie lachte, blieb ein verhaltener Ernst in Hertas Gesicht. Das war schon in der Kindheit so gewesen, stellte Berthe fest, auf Fotos, die ihr nicht neu waren: als kleines Mädchen mit dem Vater, mit der Mutter, später die beiden Schwestern, mit und ohne Eltern; während Berthe sich oftmals dem gewünschten Lächeln widersetzt hatte und ihr Blick eher kindlich herausfordernd aussah, lächelte Herta zwar, aber es wirkte gezwungen, nur ihr Mund war breitgezogen, ihre Augen lächelten nicht mit.

Die graubeigen Bilder lösten andere in Berthe aus. Kinderzeit, Empfindungen von damals. Was wusste sie von ihren Eltern, was von ihrer Schwester; nun, da sie nahe genug beieinander lebten und Zeit dafür hätten, war ein Dialog nicht mehr möglich. Berthe leckte sich Tränen von der Oberlippe, bevor sie nach einem von Hertas Papiertaschentüchern langte. Immer diese Versäumnisse, dieses Zuspät.

Zwei Wochen, nachdem sie Hertas Wohnungsschlüssel abgegeben hatte, erhielt Berthe vom Gericht die Genehmigung für diesen Schritt.

»Siehst du«, sagte Erna, »ein paar Bedenken weniger, und du hättest es leichter.« Die ehemaligen Obdachlosen lebten inzwischen auch legal in den hergerichteten Wohnungen, ohne dass jemand nach dem Termin ihres Einzugs gefragt hätte.

58.

Bauen, bauen, die Erneuerungen nahmen und nahmen kein Ende. Es war wirklich lästig, immerzu Umwege gehen zu müssen. Dabei war Berthe noch gut dran, weil sie weder körperbehindert war noch mit den Minuten geizen musste. Trotzdem: immer über schmale Bretterwege gehen, durch Holztunnelgänge, in denen Radfahrer trotz der Enge nicht einmal abstiegen; ein Schritt zur Seite, und Berthe konnte angefahren werden – es wurde wirklich Zeit, dass das ein Ende hatte.

Da gehörten die alten Häuser ein Stück weiter vorn zum angenehmeren Teil des Wegs.

Wer war denn diese Person? Hohe abgetragene Schnürstiefel, ein enger Mantel, der den knöchellangen Rock nicht bedeckte, ein Hut über graumeliertem Haar –

»Erna!«

Die rührte sich nicht, besah sich aufmerksam Schaufensterauslagen.

»Erna!!«

Langsam drehte sie sich um, sah Berthe verwundert an, als kenne sie sie nicht. Aber es war doch Erna – warum verstellte sie sich?

»Wir machen weiter!«, hörte Berthe jemanden rufen, und die Frau, die so tat, als sei sie nicht Erna, ging auf die Stimme zu; ein Mann, der so etwas wie ein Manuskript gegen den Oberkörper hielt, erwartete sie, und nun sah Berthe auch eine Kamera, die vor einem noch nicht erneuerten Haus aufgebaut war.

Die Frau, die Erna war, verschwand im Hausflur.

Johanna Moosdorf

Jahrhundertträume

Roman

Band 4739

Der Roman erzählt die Geschichte der Schriftstellerin Jenny Meininger, eine Geschichte, die zugleich genau und unerbittlich unser Jahrhundert widerspiegelt. Sehr früh schon ist das Zusammenleben von Jenny und ihrem Mann, Karl Meerstern, einem Juden, vom Naziterror bedroht, der sie sieben Jahre später zwingt, sich ›formal‹ zu trennen. Karl plant auszuwandern. Die Scheidung wird Jenny und den Kindern das Leben hierzulande erleichtern. So bald wie möglich will er sie nachkommen lassen. Der Krieg durchkreuzt seinen Plan. Die Grenzen werden geschlossen. Ihre Liebe heißt jetzt Rassenschande, ein schweres Verbrechen. Karl wird zur Zwangsarbeit verpflichtet und gegen Kriegsende deportiert. Er kehrt nicht zurück.
Es sind Jahrhundertträume und -alpträume, von denen Johanna Moosdorf erzählt: eine Trauerarbeit von großer Glaubwürdigkeit.

Fischer Taschenbuch Verlag

fi 812 / 7

Liselotte Marshall

Die verlorene Sprache

Roman

Aus dem Englischen von Ingrid Lebe

Band 13500

Liselotte Marshall erzählt in ihrem autobiographisch gefärbten Roman das Schicksal einer in Deutschland geborenen Jüdin und Emigrantin: ein Leben ohne Vaterland, ohne Muttersprache. Die Dolmetscherin Rachel Bernstein gerät durch ihre Ehescheidung in eine Lebenskrise, die alte Wunden einer verdrängten Vergangenheit wieder aufbrechen läßt. Als Kind überlebte sie den Holocaust, dem ihre Familie zum Opfer fiel, in einer Schweizer Tb-Heilstätte. Von der dort ausgeheilten Knochentuberkulose bleibt eine Gehbehinderung zurück. Rachels Rückkehr an den Ort ihres Leidens und Überlebens führt zu einer quälenden, letztlich aber auch befreienden Auseinandersetzung mit der Vergangenheit.

Fischer Taschenbuch Verlag

fi 2120 / 4

Liana Millu

Der Rauch über Birkenau

Mit einem Vorwort von Primo Levi

Aus dem Italienischen von Hinrich Schmidt-Henkel

Band 14021

Liana Millus ›Il fumo di Birkenau‹ ist eine literarische Entdeckung und nach Primo Levi »eines der eindrucksvollsten europäischen Zeugnisse aus dem Frauenlager Auschwitz-Birkenau, ganz gewiß das bewegenste«. 1947 geschrieben und seitdem in zahlreiche Sprachen übersetzt.

In den Mittelpunkt jeder der sechs Erzählungen stellt Liana Millu eine Frau. Da ist Lili, der die Eifersucht ihrer Aufseherin zum Verhängnis wird. Da ist Maria, die wider alle Vernunft ein Kind austragen will, so überzeugt ist sie, daß der Krieg bald vorbei sein wird. Da sind Bruna, die ihren Sohn im Quarantänelager entdeckt, und die Russin Zina, die ihr Leben aufs Spiel setzt, indem sie Ivan zur Flucht verhilft: Sie kennt ihn nicht, aber er ähnelt ihrem Mann, den die Nazis umgebracht haben.

Wo sind die Deutschen? Es ist, als wären sie nicht da. Sie sind wie Nebenfiguren, wie Eindringlinge; wenn sie auftauchen, bringen sie Tod und Vernichtung.

In der Genauigkeit des Blicks und einer Sprache ohne jedes Pathos hat Liana Millu die Dimension des Ausweglosen, die Unsagbarkeit des Grauens ausgelotet und den authentischen Geschichten der Frauen von Birkenau ein literarisches Denkmal gesetzt.

Fischer Taschenbuch Verlag

fi 711 / 5

Gabriele Kögl

Das Mensch

Roman

Band 13694

Die zehnjährige Karla wächst in der von dumpfer Rohheit geprägten Atmosphäre eines steiermärkischen Dorfes auf. Die Eltern sind Bauern, und die harte Arbeit auf dem Hof läßt ihnen wenig Zeit, sich um das Kind zu kümmern. Ihre Erziehung beschränkt sich auf mitunter grausame Versuche, das Mädchen in die rauhen Sitten des Dorfes einzupassen. So muß Karla, vom Vater mit dem Kälberstrick an einen Baum gefesselt, beim Abstechen einer Sau zuschauen und darf nach dem Schlachten ihres Lieblingskälbchens noch eine Zeitlang mit dem verwesenden Kopf des Tieres spielen.
Gabriele Kögl schildert aus der Sicht des Kindes den schmerzhaften Prozeß des allmählichen Erwachsenwerdens ohne die liebevolle Begleitung von Eltern. Der entlarvende Blick aus der Kinderperspektive und die oftmals schockierende Offenheit, mit der das Mädchen die Geschehnisse in ihrer Umgebung kommentiert, machen diesen Roman zu einem eindrucksvollen Leseerlebnis.

Fischer Taschenbuch Verlag

fi 904 / 5

Ilka Scheidgen

Aufbruch ins Unbekannte

Erzählung

Band 13238

Eine Frau, Mitte Vierzig, unternimmt einen Selbstmordversuch, weil ihre Ehe gescheitert ist. Wider Erwarten wird sie gerettet. Nun beginnt für sie der mühsame Weg zurück ins Leben. In dieser schwierigen Zeit findet sie eine Freundin, die ihr bei ihrem Aufbruch in ein noch immer ungewolltes Leben hilft.

Die Erzählung schildert einfühlsam den Ablauf eines Jahres mit Anzeichen von Hoffnung, aber auch Rückfällen in tiefe Depressionen. Auf behutsame Art gibt die Autorin Einblick in die ambivalente Gefühlswelt einer Lebensmüden. In der Freundschaft zu dieser stellt die Ich-Erzählerin ihre Vorstellungen von Leben und Tod in Frage und deckt dabei eigene Verletzungen und Unsicherheiten auf.

»Zuhause ist, von wo man aufbricht ins Unbekannte« heißt es am Ende der Erzählung. In Reflexionen, Rückblenden, Dialogen entwirft die Autorin ein Psychogramm zweier unterschiedlicher Charaktere, die durch die Begegnung mit dem Tod zueinander gefunden haben und nun versuchen, neu zu formulieren, was Leben heißt.

Fischer Taschenbuch Verlag

fi 1116 / 4

Maria Nurowska

Postscriptum für Anna und Miriam

Roman

Aus dem Polnischen von Albrecht Lempp

Band 10309

Die Polin Anna Lazarska hat ihren sterbenden Vater und ihr Land verlassen. Im Tagebuch ihres Vaters entdeckte sie, daß sie nicht wirklich Anna ist, sondern die Jüdin Miriam Zarg. Als einjähriges Kind war sie im besetzten Warschau außerhalb der Ghettomauer gefunden und von ihrem Retter als Anna aufgezogen worden. Sie hat Schwierigkeiten, mit ihrer neuen Identität fertigzuwerden, und kann es ihrem »Vater« nicht verzeihen, sie nie über ihre Herkunft aufgeklärt, nie wirklich mit ihr gesprochen zu haben. Sie entdeckt, daß sie eine Schwester hat, die in Amerika lebt. In Briefen erfährt sie von ihr mehr über das Schicksal ihrer Familie während des Krieges. Doch sie scheut sich, ihre neue Identität anzunehmen und ihre Schwester zu besuchen. Ein deutscher Journalist wird auf sie aufmerksam. Er versucht, ihr bei der Suche nach ihrer Identität zu helfen. Zu spät. Anna begeht Selbstmord. Der Journalist rekonstruiert aus den Materialien, die er in Annas Zimmer findet, ihr Leben. Es ist das zweigeteilte Schicksal einer polnischen Jüdin, die zu Beginn der 80er Jahre vom Geschehen des Zweiten Weltkrieges eingeholt wird und vergeblich versucht, mit sich selbst und der eigenen Geschichte ins reine zu kommen.

Fischer Taschenbuch Verlag

fi 1638 / 7